季語の花
夏

佐川広治 著
吉田鴻司 監修
夏梅陸夫 写真

TBSブリタニカ

凡例

＊このシリーズは春夏秋冬の四巻で構成され、この巻は夏です。これから俳句に親しもうとする人のために、分かりやすい解説と具体的な写真を掲載しています。さらに、格調ある名句と現在活躍中の新鋭俳人の例句も数多く紹介しています。

＊歳時記における「夏」（立夏から立秋の前日。五月六日ごろから八月七日ごろまで）の季語のなかから、花に関する季語を一〇一種選び出しています。

＊季語の配列はおおむね開花順ですが、開花時期の長いものについては、咲き始めを基準としています。

＊季語、例句については、理解を深めるために総ルビを採用しています。また、見出し季語の下には異名、別称を示しています。

＊見出し季語の読みが現代仮名づかいと歴史的仮名づかいとで異なるものについては、歴史的仮名づかいによる読みを左に示しています。

＊基本的には一頁一季語で構成されていますが、古来より俳句によく詠まれている花については、頁数を増やし、より多くの例句を掲載しています。

＊例句は近世俳人名は号のみで記し、明治以降は姓号で示しています。

季語の花

夏

目次

牡丹《ぼたん》

ぼうたん　黒牡丹《くろぼたん》　白牡丹《はくぼたん》　緋牡丹《ひぼたん》

解説　牡丹は中国の原産で、「百花の王」と称賛されてきた。日本には一〇世紀の初めに渡来したといわれ、当時は花を観賞するよりも、薬用として用いられることが多かった。根の皮を煎《せん》じて飲むと頭痛や腰痛に効果があり、さらに解熱、止血にも用いられた。観賞用として栽培されるようになったのは、江戸時代に入ってからである。

ボタン科の落葉低木で、高さは一メートルぐらいになる。花期は五月で、白、淡紅、黄、紫など品種は多い。真紅の濃いものを黒牡丹という。花は華麗で品位があり、特に白牡丹の美しさは格別。花の寿命は短く、散るさまにも風情があるため、古来より多くの詩歌に詠われ、絵画にも描かれてきた。

大和《やまと》の長谷寺《はせでら》・当麻寺《たいまでら》、福島県の須賀《すか》川《がわ》などは、牡丹の名所として知られている。近年は、各地に牡丹園が開かれるようになった。ボタンの音は、漢名の「モダン」によるといわれている。

白牡丹《はくぼたん》といふといへども紅《こう》ほのか

高浜虚子

鑑賞 白牡丹だとばかり思っていた牡丹をよく見てみると、花びらの奥に、一筋の紅が走っていたのである。その驚きが的確に、格調高く表現されている。白牡丹の花の美しさのみごとな発見。

牡丹《ぼ》《たん》散《ち》つてうちかさなりぬ二三片《にさんぺん》　蕪村

白牡丹《はくぼたん》萼《がく》をあらはにくづれけり　飯田蛇笏

夕《ゆう》牡丹《ぼたん》しづかに靄《もや》を加《くわ》へけり　水原秋櫻子

ひるがへる葉《は》は沈《しず》みたる牡丹《ぼたん》かな　高野素十

ぼうたんの百《ひゃく》のゆるるは湯《ゆ》のやうに　森　澄雄

散《ち》りしぶる牡丹《ぼたん》にすこし手《て》を貸《か》しぬ　能村登四郎

牡丹《ぼうたん》に息《いき》を濃《こ》くして近寄《ちかよ》れる　草間時彦

牡《ぼ》丹《たん》昏《く》れ夕《ゆう》べのひかり空《そら》に満《み》つ　桂　信子

牡丹《ぼうたん》のほろびのさまをみとどけり　加藤三七子

ぼうたんのうしろ洛中《らくちゅう》洛《らく》外《がい》図《ず》　角川春樹

牡丹は「ぼうたん」ともいい、数多く俳句に詠まれてきた。和歌では「二十《はつ》日草《かぐさ》」「深見草《ふかみぐさ》」ともいう。

アイリス

イリス　西洋《せいよう》あやめ
独逸《どいつ》あやめ

解説　アイリスはイリスとも呼ばれる。イギリスでは「アイリス」、フランスでは「イリス」。アイリスはギリシャ神話の虹《にじ》の女神。「やさしい心」「恋のメッセージ」（フランス）、「私はあなたにすべてを賭《か》ける」（ドイツ）という花言葉がある。
ヨーロッパやアメリカで品種改良が盛んで、その代表がジャーマンアイリス。ドイツアイリスとも呼ばれ、花の色彩が多様で変化に富む。アヤメ科の植物で、日本産のものは多年草、西洋種は球根である。

アイリスを見《み》ゆる一眼《いちがん》にて愛《あい》す　日野草城

アイリスのひと鉢《はち》だけの花終《はなおわ》る　石川空山

アイリスの咲《さ》けばこひしきあやめかな　沼　蘋女

アイリスの直《す》ぐなる花《はな》を直《す》ぐに活《い》け　阿部郁里

アイリスの四方見張《しほうみは》つて咲《さ》いてゐる　明石洋子

車前草《おおばこ》《おほばこ》の花《はな》《はな》

大車前《おおばこ》
おんばこ

解説 路傍や山野に自生する、オオバコ科の多年草。花期は比較的長く、日本全土のほかアジア各地に分布する。茎がなく楕円形《だえん》の葉が叢生《そうせい》する。五月ごろ、葉の間から二〇センチほどの花序が出て、白色の小さい花を穂状《すい》につける。種子は「おんばこ」といわれ、咳《せき》止め・利尿剤などの薬用となる。名の由来は、人や車の通るところに必ず生えるところから、また葉が大きいので「大葉子《おおはこ》」なのだともいわれている。牧草として家畜の飼料にもなる。

おほばこの葉《は》の焦《こ》げてゐるキャンプかな　富安風生

話《はな》しつゝおほばこの葉《は》をふんでゆく　星野立子

おほばこや常着《つねぎ》の袖《そで》のけふ短《みじ》かに　石川桂郎

車前草《おおばこ》の花《はな》はさびしも草《くさ》の中《なか》　金谷信夫

おほばこの花《はな》に日暮《ひぐれ》の母《はは》のこゑ　大嶽青児

都草《みやこぐさ》

黄金花《こがねばな》　烏帽子草《えぼしぐさ》

解説　路傍や海岸などの草地に自生するマメ科の多年草。もと京都大仏（京都東山区の方広寺）前の耳塚付近に多く咲いていたところから、名づけられたという。

ヒマラヤ、中国、台湾、韓国と亜熱帯、温帯に広く分布し、今では全国に野生する。初夏のころ、長い花茎の上に、黄色の可憐《かれん》な蝶形《ちょうかた》花を二つずつ開花させる。花の色から黄金花、また形から烏帽子草ともいう。花が終わると二センチくらいの豆果となり、乾燥するとねじれて黒色の種子をはじき飛ばす。

宇陀《うだ》の野《の》に都草《みやこぐさ》とはなつかしや　高浜虚子

みやこぐさの名《な》もこころよくねころびぬ　大野林火

磯草《いそぐさ》の都草《みやこぐさ》とてひとつづり　石田勝彦

その上《かみ》の遠流《おんる》の島《しま》の都草《みやこぐさ》　山崎ひさを

鑑真《がんじん》の踏《ふ》みたる草《くさ》にみやこ草《ぐさ》　邊見京子

著莪《しゃが》の花《はな》

胡蝶花《こちょうか》　姫著莪《ひめしゃが》

解説　アヤメ科の常緑多年草。山野や樹下、林の下などに群れをなして自生している。葉は鮮やかな緑で剣状をなし、光沢がある。五、六月ごろ、あやめに似た白紫の花を開く。花の中心に黄色の斑点《はんてん》がある。花の姿が胡蝶《こちょう》の舞う姿に似ているところから、胡蝶花《こちょうか》の名がある、名は同じアヤメ科のヒオウギの漢名「射干《シャカン》」からの転訛《てんか》であろうとされている。著莪《しゃが》、莎莪《しゃが》は当て字。観賞用として栽培することもあるが、野生のほうが趣があり、美しい。

著莪《しゃが》咲《さ》いて仏《ほとけ》と神《かみ》の国《くに》つなぐ　神蔵　器

つぎつぎに忘《わす》れられたる著莪《しゃが》の花《はな》　松澤　昭

著莪《しゃが》のはな犬《いぬ》を叱《しか》りに尼《あま》の出《で》て　川崎展宏

くらがりに来《き》てこまやかに著莪《しゃが》の雨《あめ》　山上樹実雄

書《しょ》に力抜《ちからぬ》くところあり著莪《しゃが》の花《はな》　榎本好宏

踊子草《おどりこそう》《をどりこさう》

踊花《おどりばな》　虚無僧花《こむそうばな》

解説　山野、路傍、渓谷沿いの径《みち》などに自生するシソ科の多年草。高さ三〇〜五〇センチ。日本、千島列島南部、樺太、朝鮮、中国に分布し、母種はユーラシア大陸、北アフリカに広く分布する。直立で、茎の断面は四角形。葉の付け根に淡紅色または白色の唇形をした花が節《ふし》を取り巻き輪生する。その花の形がちょうど笠《かさ》をつけて人が踊るように見えるので、この名がつけられた。

　花茎はやわらかく、水揚げが簡単なので、挿《さ》し花《ばな》としても楽しめる。新芽のころの葉茎はお浸しや和えもの、汁の実にして食する。根は民間薬として腰痛に効く。花は蜜《みつ》を含んでいるので、昔は子供たちがその蜜を吸って遊んだ。生活に密着した野草である。

作句上のポイント　近年、外来種のヒメオドリコソウが各地に帰化し、早春のころから群れをなして咲いているが、別種であるので気をつけること。踊子草も花期は長いが、夏の季語。白い花よりも淡紅色のほうが俳句を作りやすい。

きりもなくふえて踊子《おどりこ》草《そう》となる　後藤比奈夫

踊子《おどりこ》草《そう》信濃《しなの》の雲《くも》へ径《みち》消《き》ゆる　澤田緑生

摘《つ》みし手《て》に踊子《おどりこ》草《そう》ををどらせて　稲畑汀子

板橋《いたばし》を踏《ふ》めば踊子《おどりこ》草《そう》をどる　森田峠

小暗《こぐら》くて踊子《おどりこ》草《そう》は木曾《きそ》の花《はな》　中村明子

踊子《おどりこ》草《そう》畝《うね》より低《ひく》き控《ひか》へ咲《ざ》き　能村研三

踊子《おどりこ》草《そう》花《はな》のさかりも葉《は》がちにて　島谷征良

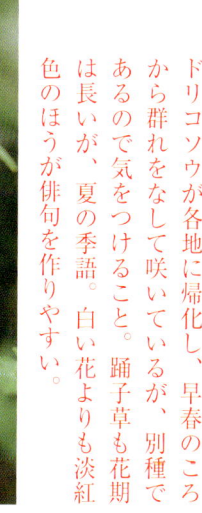

繡毬花《てまりばな》

おおでまり　粉団花《てまりばな》

解説　スイカズラ科の落葉低木。野生するヤブデマリの園芸品種で庭に栽培する。別名おおでまりという。新緑のころ、紫陽花《あじさい》に似た白い手毬《てまり》形の花をつける。貝原益軒《かいばらえきけん》の『花譜』に「花ひらくとき色白く、後には青く」と解説されているとおり、咲き満ちるとうすく緑色を帯び、清らかで美しい。おおでまりと呼ばれるのは別に小手毬《こでまり》と呼ばれる花があるからで、名は似ているがバラ科の植物で別種。欧米では「スノーボール」の名で親しまれている。

大《おお》でまり小《こ》でまり佐渡《さど》は美《うつく》しき　高浜虚子

曇天《どんてん》の耐《た》へに耐《た》へをるおほでまり　篠田悌二郎

三猿《さんえん》に大《おお》きく揺《ゆ》れて手毬花《てまりばな》　青柳志解樹

大津絵《おおつえ》の遊女《ゆうじょ》と出合《であ》ふ手毬花《てまりばな》　高橋克郎

遠目《とおめ》にも弾《はず》みどほしの繡毬花《てまりばな》　伊藤トキノ

桐《きり》の花《はな》

解説 広く各地で栽培されている。原産は中国または朝鮮といわれている。ゴマノハグサ科の落葉樹。幹は根から直立して伸び、枝を広げている樹形には独自の趣があり、大きいものは一〇メートルにもおよぶ。古くから箪笥《たんす》、長持《ながもち》、机などの材料として用いられた。五、六月ごろ、小枝の先に淡紫色の花をもつ、大形の円《えん》錐《すい》花序をつける。花と葉を図案化した桐の紋章は菊と並んで皇室でも用いられたが、のち武家の間にも広まった。

桐咲《きりさ》くや父死後《ちちしご》のわが遠目癖《とおめぐせ》　森　澄雄

桐咲《きりさ》いて雲《くも》はひかりの中《なか》に入《い》る　飯田龍太

むらさきの花《はな》の天《てん》あり桐畠《きりばたけ》　草間時彦

青空《あおぞら》のなき日《ひ》も見上《みあ》げ桐《きり》の花《はな》　稲畑汀子

桐咲《きりさ》いて港《みなと》の雲《くも》を遊《あそ》ばしむ　岡本　眸

朴《ほお》《ほほ》の花《はな》《はな》

厚朴《ほお》の花《はな》　朴散華《ほおさんげ》

解説　日本全土の山地や林中に自生するモクレン科の落葉高木。大きいものは三〇メートルにもなる。五、六月ごろ、黄色みを帯びた大形の白い花をつける。花弁は九枚で、馥郁《ふくいく》とした香りを放つ。花は広い葉の上方に囲まれるように咲くので、木の下から見上げてもよく見えない。やや距離を置いて、木より高い位置や谷を隔てて眺めると、緑中に大輪の白い花が鮮やかに見えて美しい。

この木が古くから人々に親しまれてきた理由は、花の幽玄さにもあるが、むしろ実用の面において貴重であったからである。材は柔らかいが締まりがあるので下駄の歯、鉛筆材、マッチの軸木、器具類などに利用される。また大形の葉は香りがいいので、食品を包むのに用いられる。朴葉味噌は、岐阜県高山市の名産のひとつ。花の印象から、「朴散華《ほおさんげ》」という季語が作られたが、朴の花は咲いたあと錆色になり、二、三日して萎《な》えて自然に落ちる。心象風景に引き寄せた発想だろう。

朴《ほお》咲《さ》きし後《のち》妻《つま》が咲《さ》く天上華《てんじょうげ》

能村登四郎

鑑賞 四十数年連れ添っていた妻が亡くなった。妻の死後、朴の花は散ってしまったが、その梢《こずえ》に作者はしばしば白い花の幻を見たのである。その白い幻の花を天上華《てんじょうげ》と名づけた。亡くなった妻への絶唱。

朴《ほお》散華《さんげ》即《すなわ》ちしれぬ行方《ゆくえ》かな　川端茅舎

火《ひ》を投《な》げしごとくに雲《くも》や朴《ほお》の花《はな》　野見山朱鳥

朴《ほお》咲《さ》くや津軽《つがる》の空《そら》のいぶし銀《ぎん》　沢木欣一

朴《ほお》ひらき大和《やまと》に花《はな》を一《ひと》つ足《た》す　森澄雄

山々《やまやま》ををさめし闇《やみ》や朴《ほお》の花《はな》　桂信子

朴《ほお》咲《さ》けり雲《くも》ふくいくと過《す》ぎし昼《ひる》　鷲谷七菜子

朴《ほお》の花《はな》さらに遠《とお》くにものを恋《こ》ふ　神蔵器

朴の花は見る位置により印象が違う。いろんな角度から見て作句をしてほしい。葉も美しい。

朴《ほお》咲《さ》くや雲《くも》より馬車《ばしゃ》の来《く》るごとし
大串　章

飲《おん》食《じき》の器《うつわ》を洗《あら》ふ朴《ほお》の花《はな》
本宮哲郎

明《あか》るさは水《みず》の始《はじ》まり朴《ほお》の花《はな》
今瀬剛一

水木《みずき》《みづき》の花《はな》《はな》

解説 高さ一五メートルくらいになるミズキ科の落葉高木。北海道から沖縄まで分布し、五、六月に白い小花を枝上に咲かせる。早春、芽吹くころ、地中から大量の水を吸い上げ、枝を切ると水がたくさん出るので水木という。花は葉の上に咲くので、下からは見えにくい。遠くから眺めると、雪をのせたように美しい。扇状に広がった冬の枝は赤く色づき美しいので、正月の餅花《もちばな》に用いる地方もある。アメリカから輸入されて、白や紅色の四弁花を開く「ハナミズキ」は別種。

花《はな》みづき川《かわ》は疲《つか》れて芥溜《あくたた》む　角川源義

水木《みずき》咲《さ》き枝先《えださき》にすぐ夕蛙《ゆうかわず》　森　澄雄

花咲《はなさ》きて水木《みずき》は枝《えだ》を平《たい》らにす　八木澤高原

昏《く》るるとき白《しろ》き極《きわ》みよ花《はな》みづき　中村苑子

よべの雨《あめ》こぼさず揺《ゆ》るる花《はな》みづき　辻　恵美子

海芋《かいう》

和蘭海芋《おらんだかいう》　カラー

解説　南アフリカ原産のサトイモ科の多年草。日本に渡来したのは幕末のころだが、最近では切り花用として栽培、観賞される。里芋に似た形状から海芋と呼ぶのだろう。

　地下茎から肉質三角形の葉を出し、五、六月ごろから一メートルくらいの花梗《かこう》を立てて花を開く。白色の大きな仏焔苞《ぶつえんほう》をつけ、黄色い肉穂花序《にくすいかじょ》を包んでいる。芳香もあり、いかにも水生植物らしい涼気を呼ぶ。鉢植えや庭でもよく育つ。花言葉は「壮大な美」。

万緑《ばんりょく》の墨《すみ》のごとしや海芋《かいう》咲《さ》き　山口青邨

祭壇《さいだん》に咲《さ》けば海芋《かいう》も神《かみ》の花《はな》　下村ひろし

白濤《しらなみ》の燕返《つばめがえ》しや海芋《かいう》畑《ばた》　池上樵人

母《はは》の忌《き》に咲《さ》いて海芋《かいう》の白《しろ》き襟《えり》　本宮鼎三

帆《ほ》を立てて海芋《かいう》が呼《よ》べり湖《うみ》の風《かぜ》　朝倉和江

捩花《ねじばな》《ねぢばな》

文字摺草《もじずりそう》　ひねりばな

解説　芝地、草原、田の畔《あぜ》などに自生するラン科の多年草。高さ一〇～三〇センチ。細長い葉が二、三枚、茎のもとのほうから出ている。初夏、茎の上のほうにねじれた穂を出して紅色の小花をたくさんつける。左ねじれ、右ねじれの双方がある。花の名は、花の穂がねじれたさまを端的に表現したもの。

『和漢三才図会《わかんさんさいずえ》』の、「綟摺《もじずり》草」には、「俗称。本名未詳。いにしへ奥州信夫《おうしゅうしのぶ》郡に絹を出だし、綟摺と名づく。その文《あや》、乱髪のごとくにして美なり。もってこれに比《なぞら》ふるの名か」と書かれている。「乱髪のごとくにして美なり」とは、いかにもこの花のねじれているさまを的確に表現している。花の形が面白いので、多くの人に愛され、鉢に植えて観賞にも供される。

作句上のポイント 遠目には目立たない花だから、近くでねじれているさまを観察し俳句に詠むといい。よく見ると、螺旋《らせん》状の無数の淡紅色の小花は、ラン科特有の形をしていて、実に美しくやさしい。

ねじ花《ばな》をゆかしと思《おも》へ峡燕《かいつばめ》
角川源義

捩《ねじ》花《ばな》はねぢれて咲《さ》いて素直《すなお》なり
青柳志解樹

文字《もじ》摺草《ずりそう》咲《さ》くにも条件《じょうけん》あるごとし
鈴木栄子

捩花《ねじばな》のもののはずみのねぢれかな
宮津昭彦

ねぢれ花《ばな》ねぢれ咲《さ》けるも天意《てんい》かな
山口いさを

仏彫《ほとけほ》る里《さと》にもじずり咲《さ》きにけり
林　徹

捩花《ねじばな》をねぢり戻《もど》してみたりけり
中原道夫

芍薬《しゃくやく》

夷草《えびすぐさ》　花《はな》の宰相《さいしょう》

解説　牡丹《はたん》にやや遅れて、六月ごろ大輪の美しい花を開く。中国北東部原産。中国では牡丹に次ぐ美しい花として「花の宰相」と呼んだ。葉や花も牡丹に似ているのでよく対比されるが、牡丹は木で芍薬は草という違いがある。芍薬はキンポウゲ科の多年草で、高さ一メートルくらい。色は、白、紫、桃色など多種にわたるが、雄しべが黄色でよく目立つ。綽約《しゃくやく》（たおやかな姿）の音に通じることもあって、「立てば芍薬」などと、美人の形容に使われる。

芍薬《しゃくやく》の一《ひ》ト夜《よ》のつぼみほぐれけり　久保田万太郎

芍薬《しゃくやく》に逢瀬《おうせ》のごとき夜《よる》があり　森　澄雄

芍薬《しゃくやく》の開《ひら》く一片《いっぺん》づつ静《しず》か　上野章子

芍薬《しゃくやく》に夜《よ》が来《き》て飛騨《ひだ》の酒《さけ》五合《ごごう》　藤田湘子

芍薬《しゃくやく》の乱《みだ》れ始《はじ》めの雨《あめ》となる　森岡正作

茨《いばら》の花《はな》

花茨《はないばら》　野茨《のいばら》　花《はな》うばら
野《の》ばらの花《はな》

解説　野茨《のいばら》の花のこと。山野に自生する落葉低木で、幹は細く伸びて高さ二メートルに達する。蔓《つる》性の枝に多くの棘《とげ》をもち、葉は複葉で、縁《ふち》は切れ込みのある鋸《きょ》歯《し》状。初夏のころ、枝の先端に多くの可憐《れん》な白い小花をつける。与謝蕪村の「花茨故郷の道に似たる哉《かな》」「愁ひつつ岡《おか》に上《のぼ》れば花茨」が、詩人の萩原朔太郎の評論『郷愁の詩人・与謝蕪村』によって、近代に通ずる叙情として推奨され、現代俳人たちにも多く詠まれるようになった。野趣のある花。

野《の》いばらの青《あお》むとみしや花《はな》つぼみ　飯田蛇笏

花《はな》うばらふたたび堰《せき》にめぐり合《あ》ふ　芝　不器男

茨咲《いばらさ》きぬ朝《あさ》は真珠《しんじゅ》の色《いろ》に覚《さ》め　石原八束

繭《まゆ》を煮《に》る匂《にお》ひにほぐれ花茨《はないばら》　伊藤敬子

花茨大鯉《はないばらおおごい》が瀬《せ》に出《で》てゐたり　茨木和生

薔薇《ばら》

そうび　しょうび　花《はな》ばら

解説 薔薇の栽培はヨーロッパでは非常に古く、紀元前二〇〇〇年代から植えられていたともいわれる。今日、栽培されている薔薇の品種は、正確にはわからないほど多いうえに、毎年新しい品種が発表されている。二季咲き、四季咲きの品種もあるが、俳句では一季咲きの開花する初夏の季語とする。その色は深紅、純白、黄、杏《あんず》色と多様。単弁や重弁もある。日本にもともとあったものは野茨《のいばら》、または茨と呼ばれる野生種であった。

『古今和歌集』や『源氏物語』に登場する薔薇は、中国から渡来した品種である。西欧的な薔薇が日本に入ってきたのは明治時代。正岡子規は「夕風や白薔薇の花皆動く」「薔薇胸にピアノに向ふひとり哉《かな》」など、薔薇の俳句を数多く詠んだ。現代俳人では、俳誌「みちのく」の原田青児主宰が、伊東市で薔薇園を営みながら、本格的な薔薇俳句を数多く作っている。花言葉は「愛」。男性が薔薇を捧《ささ》げ、愛を告げる場面は、多くの物語に登場する。

手《て》の薔薇《ばら》に蜂来《はちく》れば我王《われおう》の如《ごと》し

中村草田男

鑑賞 西欧の花といわれる薔薇。この作品の王は日本や中国の王様ではなく、まさに西欧の王様。王冠やマント姿までが想像される。剪《き》ったばかりの芳醇《ほうじゅん》な香りの薔薇の花だから、蜂《はち》も来るのだろう。西欧的思想の濃い草田男らしい一句。

咲《さ》き満《み》ちて雨夜《あまよ》も薔薇《ばら》のひかりあり　水原秋櫻子

薔薇《ばら》白《しろ》し暮色《ぼしょく》といふに染《そ》まりつゝ　後藤夜半

バラ散るや己《おの》がくづれし音《おと》の中《なか》　中村汀女

夕焼《ゆやけ》消《き》え真紅《しんく》のバラを抱《いだ》き来《き》し　野見山朱鳥

薔薇園《ばらえん》に十字架《クルス》の影《かげ》を鎮《しず》め置《お》く　佐野まもる

薔薇《ばら》よりも淋《さび》しき色《いろ》にマッチの焔《ひ》　金子兜太

おうおうと金春家《こんぱるけ》いま薔薇《ばら》のとき　森　澄雄

薔薇を植え、観賞するようになったのは明治以降。一枝に一花をつけるが、集団も句材になる。

薔薇《ばら》よりも濡《ぬ》れつつ薔薇《ばら》を剪《き》りにけり
原田青児

薔薇《ばら》咲《さ》かせ心《こころ》の奢《おご》り失《うしな》はず
稲畑汀子

薔薇《ばら》に風《かぜ》一《ひと》つ袋《ふくろ》に夫婦《ふうふ》のパン
岡本眸

卯《う》の花《はな》

空木《うつぎ》の花《はな》　花卯木《はなうつぎ》
山卯木《やまうつぎ》　卯《う》の花垣《はながき》

解説 空木《うつぎ》の白い花を指す。卯月《うづき》（陰暦の四月）に咲くので卯の花、茎を切ると中が空《うつ》ろなので空木と呼ばれるという説もある。ユキノシタ科の落葉低木であり、雪のように白い五弁の花を枝先に群がってつける。樹は庭木、生《い》け垣《がき》、畑の境木とし、材で木釘《きくぎ》を作る。『万葉集』にも盛んに詠まれ、『古今和歌集』をはじめ勅撰集の重要な題目であった。芭蕉の『おくの細道』では、「卯の花の白妙に、茨《いばら》の花の咲き添ひて、雪にも越ゆる心地ぞする」（白河の章）と描写されている。

卯《う》の花《はな》や流《なが》るるものに花明《はなあ》かり　松本たかし
卯《う》の花《はな》や夕《ゆう》べ琴《こと》の音《ね》おとろへず　原　コウ子
暁《あ》けの雲一気《くもいっき》に去《さ》りぬ花《はな》うつぎ　桂　信子
卯《う》の花《はな》や一握《いちあく》となる洗《あら》ひ髪《がみ》　鷲谷七菜子
卯《う》の花《はな》や釣《つ》りしあまごを一夜干《ひとやぼし》　小澤　實

大山蓮花《おおやまれんげ》

深山蓮花《みやまれんげ》　天女花《おおやまれんげ》

解説　関東地方以西、近畿、四国、九州などの深山に自生するモクレン科の落葉小高木。高さは四〜五メートル。五月から六月にかけて、直径七、八センチの白色の花を開く。花は横向きあるいは下向きに開き、香りがよい。深山に咲くので深山蓮花ともいう。野生地は、関東では上越の谷川岳《たにがわだけ》、奥秩父の白石山《しろいしやま》、中部では霧《きり》ケ峰《みね》、近畿では紀伊山地の大峰山《おおみねさん》などに咲く。大峰山脈中の仏教《ぶっきょう》ケ岳《だけ》の大山蓮華は、天然記念物に指定されている。蓮華と名づけられているが、蓮《はす》とは無縁。

大空《おおぞら》に天女花《おおやまれんげ》ひかりたれ　原　石鼎

象《ぞう》たちに雨降《あめふ》る大山蓮華《おおやまれんげ》咲《さ》く　金子兜太

との雲《くも》る大山蓮華《おおやまれんげ》ひらかんと　神尾久美子

信貴《しぎ》の谷匂《たににお》ひ大山蓮華《おおやまれんげ》かな　岡井省二

隠《かく》し田《だ》のほとりの深山蓮華《みやまれんげ》かな　澤村昭代

羊蹄《ぎしぎし》の花《はな》

解説 タデ科の多年草。野原や路傍、川べりなどの湿りがちなところに生える。葉は長大な楕円《だえん》形でまわりが波打ち、荒々しい姿である。他の雑草よりひときわ猛々しく見える。五、六月ごろ、茎の上部に花序を出し、節ごとに淡緑色の粒状の花が層をなして咲く。

酸葉《すいば》と混同されやすいが、根元の葉が大きいので区別できる。昔は根から出る汁を皮膚病などの外用薬としていた。

ぎしぎしも雀隠《すずめがく》れの穂《ほ》をあげし　吉岡禅寺洞

羊蹄花《ぎしぎし》や仮橋《かりばし》長《なが》き干拓地《かんたくち》　山田みづえ

ぎしぎしに海《うみ》の荒雲《あらぐも》押《お》しきたる　村沢夏風

ぎしぎしの火山灰《よな》に汚《よご》れて蕾《つぼみ》をり　森田公司

ぎしぎしの花《はな》にはにかむ信濃《しなの》かな　青柳照葉

棕櫚《しゅろ》の花《はな》

花棕櫚《はなしゅろ》　椶櫚《しゅろ》の花《はな》

解説　『枕草子』の「花の木ならぬは」の条に、「姿なけれど、椶櫚《すろ》の木、唐《から》めきて、わるき家《いへ》の物《もの》とは見えず」とあり、古くから親しまれてきたことがわかる。野生にも多いが、庭木としても好まれるヤシ科の常緑高木。初夏のころ、葉の間に大きい鞘《さや》のような苞《ほう》をささえながら、大形の花序を出す。淡黄色の粟粒《あわつぶ》のような花が集まって重そうに垂れ、人目を引く。『滑稽雑談《こっけいぞうだん》』では、「状、魚腹の孕子《はらみこ》のごとし（魚の卵の集まりのようなもの）」と解説している。

棕櫚《しゅろ》さいて夕雲星《ゆうぐもほし》をはるかにす　飯田蛇笏

谿《たに》ふかく棲《す》める木魂《こだま》や棕櫚《しゅろ》の花《はな》　木下夕爾

棕櫚《しゅろ》の花沖《はなおき》より来《き》たる通《とお》り雨《あめ》　皆川盤水

花棕櫚《はなしゅろ》に海《うみ》の入日《いりひ》の濃《こ》かりけり　丸山哲郎

棕櫚《しゅろ》の花海《はなうみ》に夕《ゆう》べの疲《つか》れあり　福永耕二

泰山木《たいさんぼく》の花《はな》

大山木《たいざんぼく》の花《はな》
大盞木《たいさんぼく》の花《はな》
洋玉蘭《ようぎょくらん》

解説 北アメリカ原産のモクレン科の常緑高木。明治初期に渡来。高さは一〇〜二〇メートルに達し、樹形は泰山の名のとおり気品高く、威風堂々としている。葉は石楠花《しゃくなげ》に似て、表面は濃い緑色で光沢があり、裏は茶褐色である。五、六月ごろ、一五センチあまりの純白で卵形の大きな花を天に向かって開く。白木蓮《しろもくれん》に似て清浄な気品を漂わせ、みずみずしく香気も高い。大きな花だが、葉の茂りに妨げられて下を通る人や近くからは気づかれないこともある。相撲《すもう》の優勝力士が呷《あお》る大盃《たいはい》に似ているところから大盞木の名もある。歳時記、季寄せなどにタイザンボクとルビを振ってある場合が多いが、タイサンボクが正しい。

明治初期に移入されたことは、東京大学教授伊藤圭介著『小石川植物園草木図説』(明治一四〔一八八一〕年)に記されている。東京・新宿御苑《ぎょえん》には、明治一二年以降、六三本が植えられた。東京・上野動物園前の「グランド玉蘭」という名の泰山木は、その名にふさわしい花を咲かせる。

ロダンの首《くび》泰山木《たいさんぼく》は花得《はなえ》たり……角川源義

鑑賞　昭和三〇（一九五五）年五月、東京・荻窪に新居が完成、披露を兼ねて句会が催された。俳壇の諸先輩より泰山木を贈られ、その喜びを詠じた挨拶《あいさつ》句。源義の唱導した典型的な二句一章俳句。「ロダンの首」と「泰山木」の照応した力強い作品。

泰山木《たいさんぼく》天《てん》にひらきて雨《あめ》を受《う》く　山口青邨

魯迅《ろじん》の墓《はか》泰山木《たいさんぼく》の巨花《きょか》が侍《じ》す　松崎鉄之介

泰山木《たいさんぼく》咲《さ》いて潮《うしお》の土佐《とさ》の国《くに》　森　澄雄

移《うつ》り香《か》に泰山木《たいさんぼく》の花《はな》終《お》わる　原　裕

あけぼのや泰山木《たいさんぼく》は蠟《ろう》の花《はな》　上田五千石

明日《あす》ひらく泰山木《たいさんぼく》を見《み》て睡《ねむ》る　鈴木栄子

おほらかに泰山木《たいさんぼく》は咲《さ》きにけり　椎橋清翠

泰山木《たいさんぼく》の終《つい》の一花《いっか》として高《たか》し
畠山譲二

こゑあげるやうに泰山木《たいさんぼく》咲《さ》けり
伊藤白潮

泰山木《たいさんぼく》の一花《いっか》やことに風《かぜ》湧《わ》きて
永方裕子

泰山木を俳句に詠む時は、家の二階から眺めるか、一輪のみを花籠に挿すといい。優雅さが実感できる。

忍冬《すいかずら》《すひかづら》の花《はな》《はな》

吸葛《すいかずら》　忍冬《にんどう》の花《はな》
金銀花《きんぎんか》

解説　山野に自生するスイカズラ科の常緑蔓《つる》性植物。五、六月ごろ、芳香のある細長い白い花を咲かせる。花は淡黄色に変じ、白い花と黄色の花が交じって見えるところから金銀花《きんぎんか》ともいう。二個ずつ並んで咲き、筒形の上部が五つに裂ける。花の盛りにはあたりに甘い香りが漂う。冬の間も枝葉が萎《しお》れないので、忍冬《にんどう》の名がある。スイカズラの名は、花の中に蜜《みつ》があり、これを子供たちが取って、よく吸ったからだという。

雨《あめ》ぐせのはやにんどうに旅二日《たびふつか》　石川桂郎

忍冬《にんどう》の花《はな》のこぼせる言葉《ことば》かな　後藤比奈夫

渡舟場《わたしば》よりすこし風《かぜ》くる忍冬《すいかずら》　佐野美智

鼻大《はなおお》き僧《そう》の話《はなし》やすひかづら　藤村克明

朝富士《あさふじ》へむき忍冬《にんどう》の蜜《みつ》吸へり　新田祐久

鉄線花《てっせんか》《てっせんくわ》

てっせん葛《かずら》　鉄線《てっせん》
クレマチス

解説　蔓《つる》の質が細く硬く、鉄線のように強いというのでこの名がある。中国原産のキンポウゲ科の蔓性植物。『和漢三才図会《わかんさんさいずえ》』に、「四月、花を開く。（略）その花、白色の六弁、平らに開きて、蕊円《しべまる》く、紫色最も艶美《えんび》」とある。花の形が美しいので、江戸時代には図案化され織物の模様などに使われた。白色または紫色の花を開く。現在、鉢植えなどで市場に出回っているのは改良種のクレマチスである。数多くの品種がある。

おもひ出《で》の祖母《そぼ》の鉄漿《おはぐろ》鉄線花《てっせんか》　森　澄雄

亡《な》き妻《つま》の植《う》ゑし鉄線白《てっせんしろ》ばかり　松崎鉄之介

新《あたら》しき家《いえ》のからくり鉄線花《てっせんか》　横山房子

鉄線《てっせん》の花《はな》のひとひら水《みず》の上《うえ》　福田甲子雄

逢《あ》ふときの風《かぜ》の立《た》ち過《す》ぎ鉄線花《てっせんか》　河野多希女

アカシアの花《はな》

ニセアカシア
針槐《はりえんじゅ》

解説 「アカシヤの雨に打たれて、このまま死んでしまいたい」と昭和三〇年代後半、歌手・西田佐知子によって歌われ大ヒットした歌謡曲「アカシヤの雨が止《や》む時」はよく知られている。また北原白秋作詞、山田耕筰作曲の「この道」も全国の少年少女に愛唱されてきた。大正一五（一九二六）年、札幌を訪れた白秋は、アカシア並木を見て故郷の福岡・柳川に思いを馳《は》せ、「この道はいつか来た道、ああそうだよ、あかしやの花が咲いてる」と作詞したといわれている。ともにアカシアといわれているのは、ニセアカシア、和名針槐《はりえんじゅ》のことである。五、六月ごろ、藤の花に似た白い蝶形《ちょうかた》の花をつける。本来のアカシアは熱帯に野生する常緑樹で、黄色の細かい花をたくさんつけ、種類も多い。「アカシヤ」とも。俳句や詩歌をはじめ「アカシヤ」と表記するが、歳時記や辞書では「アカシア」と記す。両方使われている。

作句上のポイント 学名ながらニセの名を冠されたニセアカシアを俳句に詠む場合、思いきってニセの語をはずしたほうがいいだろう。札幌市のシンボルの一つとなっているアカシア並木は、札幌駅前通り、北一条通りなどの初夏を彩る。

風塵《ふうじん》のアカシヤ飛《と》ぶよ房《ふさ》のまま　阿波野青畝

林《はやし》ゆく風《かぜ》に道《みち》あり花《はな》アカシヤ　石田波郷

咲《さ》き充《み》ちてアカシヤの花汚《はなよご》れたり　高浜年尾

満月《まんげつ》に花《はな》アカシヤの薄《うす》みどり　飯田龍太

アカシヤの花《はな》こそ曇《くも》れ野鍛冶《のかじ》の火《ひ》　藤田湘子

花《はな》アカシヤ泉《いずみ》のこゑののぼりゆく　石田勝彦

花《はな》アカシヤ飛《ひ》驒《だ》高《たか》山《やま》の深庇《ふかびさし》　永野孫柳

鈴蘭《すずらん》

君影草《きみかげそう》

解説　北海道から近畿地方までの山裾《やますそ》や高原などの日当たりのよいところに自生する。鈴蘭といっても蘭ではなく、ユリ科の多年草である。特に北海道では各地に群生し、郷土の花に選ばれている。牛や馬が、有毒植物だと本能的に察知して食べないので、原野に残ったといわれている。晩春から初夏にかけて長い楕円《だえん》形の葉を二、三枚広げ、その陰に隠れるように葉の柄に寄り添って短い白色の可憐《かれん》な花をつける。花には芳香があり、人々に親しまれている。平地に植えると暑さのために生育が悪く、栽培には洋種の鈴蘭が使われる。花の愛らしさから君影草とも呼ばれる。葉は煎《せん》じて心臓薬として愛飲された。本州でも長野県八《やつ》ヶ岳《たけ》、奈良県宇陀《うだ》などに群落がある。北海道から空輸されたものが鈴蘭娘によって都心の人に配られる風景は、初夏の風物詩になった。北海道の根室厚床《ねむろあっとこ》駅では毎年初夏、地元の中学生によって乗客にプレゼントされる（写真左は洋種の鈴蘭）。

鈴蘭《すずらん》の葉《は》をぬけて来《き》し花《はな》あわれ
高野素十

鑑賞 小さな鐘を伏せたような、あるいは小鈴を振っているような鈴蘭の花冠は愛らしい。鈴蘭の葉は大きくはないが、わりあい幅がある。深い緑色の葉から、かぐわしく可憐な小花を出しているさまを、寂しげに感じたのである。

鈴蘭《すずらん》の谷《たに》や日《ひ》を漉《す》く雲《くも》一重《ひとえ》
中村草田男

ふまれずに鈴蘭《すずらん》落《お》ち し道《みち》の夜《よる》
高木晴子

鈴蘭《すずらん》やまろき山頂《さんちょう》牧《まき》をなす
大島民郎

束《たば》でもち鈴蘭《すずらん》の花《はな》こぼしゆく
松崎鉄之介

鈴蘭《すずらん》や水溢《みずあふ》れでるポンプ井戸《いど》
皆川盤水

鈴蘭《すずらん》の野原《のはら》や馬《うま》の酔《よ》ひたると
滝沢伊代次

鈴蘭《すずらん》とわかる蕾《つぼみ》に育《そだ》ちたる
稲畑汀子

鈴蘭は自生するもの（写真下）と、栽培されているもの（写真右）がある。俳句に詠む時は、どちらを素材にしてもいい。

鈴蘭《すずらん》はコップが似《に》合《あ》ふ束《たば》ね挿《さ》す
鈴木栄子

甲斐《かい》の地《ち》に十勝《とかち》鈴蘭《すずらん》植《う》えつづけ
福田甲子雄

鈴蘭《すずらん》の鈴《すず》振《ふ》り父《ちち》の忌《き》過《す》ごしたし
佐川広治

栃《とち》の花《はな》

橡《とち》の花《はな》

解説　公園や街路樹などに好んで植えられるが、日本全土に広く分布し、主として山地に自生する。トチノキ科の落葉高木。高さ三〇メートル以上になる。葉の茂る時期になると、あたりをほの暗くするほどに覆《おお》い広がる。五月から六月にかけて若い枝の先に長さ三〇センチにもおよぶ大形の円錐《えんすい》状の花穂《かすい》を立て、白色に斑《まだら》状の紅を散らした四弁花が開く。花からも多くの蜜《みつ》が分泌《ぶんぴつ》されるので、花の盛りのころには、蜜蜂が集まってくる。花言葉は「贅沢《ぜいたく》」「天才」。

山砂《やますな》の流《なが》れ止《とど》めて橡咲《とちさ》けり　長谷川かな女

栃咲《とちさ》くやまぬかれ難《がた》き女《おんな》の身《み》　石田波郷

橡《とち》の花《はな》きつと最後《さいご》の夕日《ゆうひ》さす　飯島晴子

夜《よ》は星《ほし》の宿《やど》る高《たか》さに橡《とち》の花《はな》　鷹羽狩行

橡《とち》の花《はな》ひそかな紅《こう》を身《み》の奥《おく》に　渡辺恭子

雛罌粟《ひなげし》

虞美人草《ぐびじんそう》　美人草《びじんそう》

解説　江戸時代に渡来したケシ科の越年草。観賞用として植えられる。高さ五〇～六〇センチ。細長い茎に、長楕円《ちょうだえん》形の下向きの蕾《つぼみ》をつけ、五月ごろ可憐《かれん》な四弁の花を咲かせる。色は、淡紅、紫、白など。楚《そ》の国王項羽《こうう》が漢の高祖劉邦《りゅうほう》の軍に攻め滅ぼされたとき、自殺した愛妃虞美《ぐび》人《じん》の流れた血から咲いた花と伝えられている。以前は雛罌粟をポピーといったが、アイスランド・ポピーの出現によって、ポピーというときには、アイスランドポピーを指す。花言葉は「慰め」。

ひなげしの曲《まが》りて立《た》ちて白《しろ》き陽《ひ》に　山口青邨

ひなげしの花《はな》びらたたむ真似《まね》ばかり　阿波野青畝

陽《ひ》に倦《う》みて雛罌粟《ひなげし》いよよくれなゐに　木下夕爾

ひなげしのひらひら風《かぜ》に吹《ふ》き消《け》さる　横山房子

夜明《よあ》けいま雛罌粟《ひなげし》浄土湖《じょうどうみ》の風《かぜ》　古賀まり子

額《がく》の花《はな》

額紫陽花《がくあじさい》　額草《がくそう》　額花《がくばな》

解説　ユキノシタ科の落葉低木。額紫陽《がくあじ》花《さい》を略していう。紫陽花の基本種。花は紫陽花のように毬《まり》ではなくて、平らな扇球形である。中央に細かい粒々の花が多数集まり、そのまわりを白色四弁の大きい胡蝶《こちょう》花が額縁のように囲むので、この名がある。山または渓流のほとりなどに自生し、高さは一〜二メートルくらいになる。

特に関東南部や静岡県伊豆半島の沿岸部などに数多く自生する。静岡県御前崎《おまえざき》や愛知県知多《ちた》半島などで野生状態のものがある。そのほか長野県北部には蝦夷《えぞ》紫陽花が、愛知県の山地には山紫陽花や玉紫陽花が見られる。

また静岡県下田《しもだ》市の下田公園には、額紫陽花から色鮮やかな西洋紫陽花など一五万株が植えられており、梅雨の季節のうっとうしさを忘れさせてくれる。

額の花は、紫陽花より素朴な花で、清《せい》楚《そ》な感じがするので、この趣を佳《よ》しとして観賞用に庭にも植えられる。

雨《あめ》つけしまま剪《き》らせたる額《がく》の花《はな》

川崎展宏

鑑賞 額の花は、梅雨の季節にその花期を迎える。梅雨季の集中的に降った雨のあと、小さく控え目な額の花を剪《き》ったのである。それを作者は、額の花そのものが「剪《き》らせた」と表現したのだ。写生に徹しながら、写生を超えた秀吟。

橋《はし》ありて水《みず》なかりけり額《がく》の花《はな》　高橋淡路女

額《がく》咲《さ》いて鋏《はさみ》おもたき女《おんな》かな　石田波郷

額《がく》の花《はな》どこまでこころほそくなる　加藤楸邨

額《がく》の花《はな》ひすいの花粉《かふん》葉《は》にこぼれ　沢木欣一

額《がく》の花《はな》こころばかりが旅《たび》にでて　森澄雄

画家《がか》老《お》いてチェロに親《した》しむ額《がく》の花《はな》　大島民郎

額《がく》の花《はな》夕雲《ゆうぐも》も翔《と》ぶかたちせり　矢島渚男

人《ひと》の死《し》やどのむらさきも額《がく》の花《はな》
秋篠光広

山《やま》からの風《かぜ》しか知らず額《がく》の花《はな》
木内怜子

額《がく》の花《はな》海《うみ》に神《しん》話《わ》の誕《たん》生《じょう》す
松下千代

額の花は、梅雨どきの比較的花の少ないころに咲く。その存在感を詠うといい。

紫陽花《あじさい》
あぢさゐ

四葩《よひら》　七変化《しちへんげ》

解説　永井荷風に「あぢさゐ」という題名の小説がある。男から男へと遍歴する女性が主人公だが、紫陽花も、白、淡緑、紫、淡紅と花の色を変えるので「七変化《しちへんげ》」という異名がある。男を変える主人公の境涯を、梅雨のころ山野に咲く真藍の紫陽花になぞらえたタイトルなのだといわれている。紫陽花はもともと日本の山野にあったガクアジサイの園芸種。花弁の四枚の萼《がく》が目立つので、四葩《よひら》とも呼ばれる。近年は、西洋で品質改良されたものもあって西洋アジサイ（ヒドランゲア）といっている。花言葉は「元気な女性」「冷淡」。

作句上のポイント 紫陽花は、梅雨のころに咲く花。わびし気で趣深い花であるが、雨と紫陽花を一句に重ねるといかにも常《じょう》套《とう》的俳句となるので、気をつけたい。

鍛《か》冶《じ》の火《ひ》を浴《あ》びて四《よ》葩《ひら》の静《しず》かかな　富安風生

紫陽花《あじさい》の藍《あい》をつくして了《おわ》りけり　安住　敦

紫陽花《あじさい》の浅黄《あさぎ》のまゝの月夜《つきよ》かな　鈴木花蓑

薄《うす》あぢさゐ濡《ぬ》れて若狭《わかさ》の細格子《ほそごうし》　鷲谷七菜子

水鏡《みずかがみ》してあぢさゐのけふの色《いろ》　上田五千石

絹《きぬ》の服《ふく》着《き》なじむ午後《ごご》の日《ひ》の四葩《よひら》　鍵和田秞子

紫陽花《あじさい》に佇《たたず》んで胸《むね》濡《ぬ》らしけり　黛　まどか

マーガレット

木春菊《もくしゅんぎく》

解説 キク科の多年草。アフリカ・カナリア諸島の原産で、明治末期に渡来した。栽培が容易で、清楚《せいそ》な感じが好まれ、一般家庭はもとより、いたるところで愛好されている。花は菊に似た頭状花で、まわりは白く、中心は黄色。南伊豆ではマーガレットラインが設けられ、ドライバーの目を楽しませてくれる。多年草でありながら、根元が木化するので木春菊《もくしゅんぎく》とも呼ばれている。草丈は一メートル内外、葉は羽状で深く裂《さ》けている。花言葉は「神秘」。

マーガレット東京《とうきょう》の空《そら》よごれたり　阿波野青畝

マーガレット山雲《やまくも》は野《の》に翼垂《つばさた》れ　有働亨

野《の》の景《けい》にマーガレットの白《しろ》を置《お》く　稲畑汀子

マーガレット咲《さ》く道《みち》を行《い》き君《きみ》を祝《ほ》ぐ　藤岡筑邨

風《かぜ》の中《なか》マーガレットの花暮《はなく》れず　成瀬正俊

金雀枝《えにしだ》

金雀花《えにしだ》　金雀児《えにしだ》

解説　ヨーロッパが原産地。マメ科の落葉低木。中国を経て、江戸時代に渡来した。五、六月ごろ、鮮黄色の蝶形《ちょうがた》の花が全枝に群がり開く。一〜三メートルに生長。明るい花なので、生《い》け垣《かき》、生け花にと用途は広い。生活になじんだ花である。エニシダといってもシダの種類ではなく、学名ゲニスタが訛ったものといわれる。花言葉は「謙遜」「清潔」。昔、フランスの王子が兄を暗殺して王位を奪ったが、のちに罪を悔い、毎晩金雀枝を持って懺悔《ざんげ》したという物語からつけられた。

えにしだの夕《ゆう》べは白《しろ》き別《わか》れかな　臼田亜浪

えにしだや玉造部《たまつくりべ》は和邇《わに》の道《みち》　角川源義

金雀枝《えにしだ》に雨上《あめあ》がりたる日射《ひざ》しあり　高木晴子

金雀枝《えにしだ》や少年《しょうねん》に髭《ひげ》うつすらと　鈴木多江子

金雀枝《えにしだ》や少女《しょうじょ》は彌撒《みさ》をこはがりて　皆吉司

蜜柑《みかん》の花《はな》

花蜜柑《はなみかん》

解説　ミカン科の常緑高木。高さ二〜三メートル。普通ミカンと呼ぶのは温州蜜柑《うんしゅうみかん》を指す。三〇〇年ほど前に中国から渡来した柑橘《かんきつ》類の種子から変種として生じ、鹿児島県原産。その後改良され今の蜜柑となった。五、六月ごろ白色五弁の小花を咲かせ、甘い香りが漂う。平地にも栽培されるが、多くは暖地の海に近い斜面に作られる。静岡、和歌山、愛媛、広島各県の特産。花盛りには蜜柑山に甘い香りが漂う。

みかんの花咲《はなさ》きはじめなるまぶしみぬ　細見綾子

人《ひと》ごゑの清潔《せいけつ》な朝蜜柑《あさみかん》咲《さ》く　藤田湘子

太陽《たいよう》がいま紀伊《きい》にあり花蜜柑《はなみかん》　塩川雄三

どの島《しま》も日《ひ》の矢面《やおもて》に花蜜柑《はなみかん》　木内彰志

花《はな》みかん鶏鳴土《けいめいつち》をつたひくる　ながさく清江

楝《おうち》《あふち》の花《はな》《はな》

樗《おうち》の花《はな》　花樗《はなおうち》　栴檀《せんだん》の花《はな》

解説　センダン科の落葉高木。四国や九州などの暖地に自生し、庭木などに栽植させる。五、六月ごろ、薄紫色の五弁の小花が群がって咲く。宮中の五月の節句に菖蒲《しょうぶ》、蓬《よもぎ》とともに用いられた。花の色は、襲《かさね》の色目の名や、染色にも用いられている。『万葉集』以来、夏の花として和歌や連歌・俳句に詠まれてきた。『万葉集』には、「妹《いも》が見し楝の花は散りぬべしわが泣く涙いまだ下《ひ》なくに」という大伴旅人の歌がある。実は乾燥させ、ひび、あかぎれの薬にした。

長《なが》崎《さき》は港《みなと》に音《おと》す花樗《はなおうち》　森　澄雄

防人《さきもり》の島《しま》のかんざし花楝《はなおうち》　鷹羽狩行

切《きり》支《し》丹《たん》忘《わす》れし村《むら》の花楝《はなおうち》　有馬朗人

ひろがりて雲《くも》もむらさき花楝《はなおうち》　古賀まり子

花楝次女《はなおうちじじょ》の写真《しゃしん》のやや殖《ふ》えて　能村研三

柚《ゆ》の花《はな》

柚子《ゆず》の花《はな》　花柚子《はなゆず》　花柚《はなゆ》

解説　柚子の花をいう。柚子は中国の原産。わが国には一四世紀初頭に渡来したといわれている。ミカン科の常緑高木。五、六月ごろ香りのよい白い小さな五弁花を開く。よく見るとわずかに紫色を帯びている。柑橘《かんきつ》類のなかでは耐寒性が強く、東北地方にも分布している。中国では香橙《こうとう》と呼ばれ、料理に用いられたり、冬至の日に柚子湯に用いられる。柚子は本来、柚の実という意味であるが、ユ・ユズとも植物名として用いられる。

吸物《すいもの》にいさゝか匂《にお》ふ花柚《はなゆ》かな　正岡子規

塩舐《しおな》めて手足《てあし》さみしや柚子《ゆず》の花《はな》　秋元不死男

父《ちち》ほどの放蕩《ほうとう》出来《でき》ず柚子《ゆず》の花《はな》　草間時彦

叱《しか》られて姉《あね》は二階《にかい》へ柚子《ゆず》の花《はな》　鷹羽狩行

柚《ゆ》の花《はな》を仰《あお》ぐさざなみごころかな　鷲谷七菜子

紫蘭《しらん》

解説 ラン科の多年草。本州中部から西の山間の湿地に自生するが、観賞用として庭によく栽培される。長楕円形《ちょうだえん》で縦筋の多い葉が五、六枚茎の下に互生し、五、六月ごろ花茎を伸ばし、上部に紅紫色の花を五、六個総《ふさ》状につける。和名の紫蘭は花の色そのままを表しているが、漢名は白及《びゃくきゅう》。地下の鱗茎《りんけい》を白及根《びゃくきゅうこん》といって胃薬としての効用があり、薬草園でも栽培される。また、粘りがあるので、糊《のり》、接着剤としても利用される。

紫蘭《しらん》咲《さ》き満《み》つ毎年《まいとし》の今日《きょう》のこと　高浜虚子

司書《ししょ》の眼《め》をときどきあげて紫蘭咲《しらんさ》く　富安風生

ゆふかぜのしづにしらんの一《ひ》トたむろ　久保田万太郎

局塚《つぼねづか》その面影《おもかげ》の紫蘭咲《しらんさ》き　下村ひろし

雨《あめ》を見《み》て眉重《まゆおも》くゐる紫蘭《しらん》かな　岡本眸

カーネーション

和蘭石竹《おらんだせきちく》
和蘭撫子《おらんだなでしこ》

解説 ナデシコ科の多年草。オランダが原産。紀元前から栽培されていたといわれているが、わが国には江戸初期にオランダ船によって渡来した。五月の第二日曜日の母の日にカーネーションを贈る習慣はすっかり定着した。赤を健在の母親に、白を亡母に捧《ささ》げるというのも日本人らしい繊細な気配りといえよう。十字架にかけられるキリストの後ろ姿を見送った、聖母マリアの流した涙の跡から生えてきたと伝えられている。花言葉は「純粋な愛情」。

カーネーション少年患者《しょうねんかんじゃ》に若《わか》き母《はは》　村山古郷
白《しろ》カーネーションかつてわれにも母《はは》ありき　小林康治
金髪《きんぱつ》の児《こ》の胸白《むねしろ》きカーネーション　星野麦丘人
カーネーション看護婦室《かんごふしつ》に溢《あふ》れたる　磯貝碧蹄館
カーネーション赤母《あかはは》の日《ひ》の母大切《ははたいせつ》に　鈴木栄子

罌粟《けし》の花《はな》

芥子《けし》の花《はな》　花罌粟《はなげし》

解説　地中海沿岸、イラン地方の原産。ケシ科の二年草。茎の高さは一メートル余。初夏、頂に四弁の花を開く。花の色には白、淡紅、紅紫があり、一重のほかに八重咲きの品種もある。阿片は白花品種の未熟果の汁を乾燥させて精製したもの。日本では、罌粟の栽培は政府の許可を受けたものだけに限られる。虞美人草《ぐびじんそう》とも呼ばれる雛罌粟《ひなげし》は阿片を含んでいないので、観賞用として栽培される。花言葉は「忘却」。

罌粟《けし》ひらく髪《かみ》の先《さき》まで寂《さび》しきとき　　橋本多佳子

芥子《けし》一《ひと》ひら散《ち》りぬ炎《ほのお》のいろのまま　　柴田白葉女

午後《ごご》からは頭《あたま》が悪《わる》く芥子《けし》の花《はな》　　星野立子

白芥子《しろげし》の花《はな》に声《こえ》かけ通夜《つや》の人《ひと》　　福田甲子雄

トランプの絵《え》はナポレオン罌粟《けし》くだつ　　加藤三七子

あやめ

渓蓀《あやめ》　花《はな》あやめ　白《しろ》あやめ

解説　アヤメ科の多年草。名前の由来は、葉の並んでいるなかに美しい文《あや》があるということからつけられた。文目《あやめ》の意味で、模様、色合いから来ている。漢名の渓蓀《けいそん》、菖蒲とは別種。日本全土の原野や山地の乾燥地に群生し、菖蒲や杜若《かきつばた》のように水中や水辺などには生えない。近世以前の和歌、連歌で「あやめ」「あやめ草」といえば現在の菖蒲を指し、近世以降「花あやめ」というのは現在のあやめを指す。紫または白色の優美な花を開く。

なつかしきあやめの水《みず》の行方《ゆくえ》かな　高浜虚子

野《の》あやめの離《はな》れては濃《こ》く群《む》れて淡《あわ》し　水原秋櫻子

衣《きぬ》をぬぎし闇《やみ》のあなたにあやめ咲《さ》く　桂　信子

かくれ喪《も》にあやめは花《はな》を落《おと》しけり　鈴木真砂女

針仕舞《はりしま》ふ女《おんな》のうしろあやめ咲《さ》く　福田甲子雄

擬宝珠《ぎぼし》

花擬宝珠《はなぎぼし》　ぎぼうし

解説　ユリ科の多年草。原産地は日本、中国、東アジアに広く分布する。山野の自生種、観賞用の栽培種など種類が多い。葉は先のとがった楕円《だえん》形で波打っている。表面は暗緑色。五、六月ごろ、葉の間から花茎を伸ばし、花をつける。蕾《つぼみ》の形が欄干《らんかん》の柱頭などに使う擬宝珠に似ているところからこの名がある。薄紫または白の筒状の花を横向きに開く。全体に上品なたたずまいで、花言葉の「沈静」「清楚《せいそ》」にふさわしい。野生のものは花期が遅れる。

わが胸《むね》は小《ちい》さくなりぬ花擬宝珠《はなぎぼし》　石田波郷

旅《たび》ゆけば我招《われまね》くかに擬宝珠《ぎぼし》咲《さ》く　角川源義

擬宝珠《ぎぼし》またかざせる花《はな》に白絣《しろがすり》　中村汀女

八朔《はっさく》の雨《あめ》の音《おと》かな擬宝珠《ぎぼし》咲《さ》く　吉田鴻司

ぎぼし咲《さ》く山《やま》へ揃《そろ》へて宿《やど》の下駄《げた》　神蔵器

ガーベラ

解説 キク科の多年草。南アフリカ原産。大正時代の初めに園芸種が輸入された。カラフルな西洋草花としてもっとも代表的なもの。日本で改良され、今では全国いたるところの公園、花壇などに咲いている。長い葉の中央から茎を伸ばし頭上花をつける。朱紅色が一般的だが、白、黄、橙《だいだい》、ピンクと多彩。日傘《ひがさ》のように開くので、ハナグルマともいわれる。花期は長く、五月から九月ごろまで咲く。切り花用として栽培、一年中出荷されている。

ガーベラの炎《ほのお》のごとし海《うみ》を見《み》たし　加藤楸邨

照《て》り翳《かげ》るガーベラを賞《め》づ不惑前《ふわくまえ》　林　翔

明日《あす》の日《ひ》の華《はな》やぐがごとガーベラ挿《さ》す　藤田湘子

ガーベラの花《はな》に埋《う》もれてクルス古《ふ》る　石井桐陰

ガーベラや乙女等《おとめら》均《ひと》しく胴《どう》しめて　中村明子

酢漿《かたばみ》の花《はな》

酢漿花《かたばみ》　花《はな》かたばみ
すい物草《ものくさ》

解説　カタバミ科の多年草。道ばたや庭などによく見かける。クローバーに似たハート形の三枚の葉よりなる。花も葉も昼開き、夜閉じる。五、六月ごろ小さな黄色い五弁の花を開く。花のあと小さい莢《さや》をつける。茎、葉は蓚酸《しゅうさん》を含んですっぱく、皮膚病の漢方薬や仏具などを磨くのに用いたという。葉をかたどってかたばみの紋、あるいは三枚の葉の間に剣を配した剣かたばみの紋として、家紋のデザインにも使われた。花言葉は「喜び」「母のやさしさ」。

かたばみを見《み》てゐる耳《みみ》のうつくしさ　横山白虹

かたばみの花《はな》より淋《さみ》し住《す》みわかれ　三橋鷹女

棕櫚《しゅろ》の下《した》かたばみ妻《つま》の手紙《てがみ》読《よ》む　中村草田男

かたばみの花大足《はなおおあし》が踏《ふ》んで過《す》ぐ　河野友人

かたばみの花《はな》に雀《すずめ》の仲間割《なかまわ》れ　丸山佳子

えごの花《はな》

山苣《やまじさ》の花《はな》

解説 全国の山野に自生するエゴノキ科の落葉高木。五、六月ごろ、枝の先に乳白色五弁の清楚《せいそ》な小花をびっしりつける。細長い花柄を垂れるので花は下向きに咲く。えごの名前は、果皮がのどを刺激してえぐいところからつけられた。木の下や水の一面に真っ白く散り敷くさまも趣がある。散り敷いた花は掌《てのひら》にのせると、甘く澄んだ香りが漂う。えごの実を石鹸《せっけん》の代わりにした時代もあった。また、実をすりつぶして川に流し、その毒汁で魚を捕ったこともあった。山苣《やまじさ》はえごの古名で、チサノキの意味。『万葉集』に、「息の緒に思へる我の山ぢさの花にか君がうつろひぬらむ」と詠われている。歌舞伎の「伽羅先代萩《めいぼくせんだいはぎ》」にも出てくる。

作句上のポイント

えごの木の肌は黒く滑《なめ》らかである。五、六月ごろ、山中や雑木林を歩いていると、地面が白くなるほど花が散っていて、思わず梢《こずえ》を見上げることがある。葉の間から小さく可憐《かれん》な花が垂れている。奥武蔵野には、特に多い。

えごの花遠《はなとお》くへ流《なが》れ来《き》てをりぬ　山口青邨

えご散《ち》りて渚《なぎさ》のごとく寄《よ》らしむる　皆吉爽雨

えごの花径《はなみち》も夫人《ふじん》の影《かげ》も青《あお》し　藤田湘子

えご散《ち》るやうすくらがりに水奔《みずはし》り　鷲谷七菜子

えごの花鹿《はなしか》に池《いけ》みちありにけり　岡井省二

晩年《ばんねん》の父《ちち》の書《しょ》やさしえごの花《はな》　関戸靖子

えごの花風《はなかぜ》がみちびく古墳口《こふんぐち》　神原栄二

燕子花《かきつばた》

杜若《かきつばた》

解説　アヤメ科の多年草。池沼や湿地に自生するが、庭園にも植えられる。高さ八〇センチくらい。五、六月ごろ、茎の頂に濃紫の美しい大形の花を開く。花は外側の三片が大きく垂れており、内側の三片が小さく直立している。花の色は、他に紅紫、白、碧《あお》などがある。その姿が飛燕《ひえん》を思わせるところから、燕子花という文字を当てたといわれる。燕子花は水辺、湿地を好み、あやめは草原や山地に咲く花なので混同しないこと。

かきつばた紫《むらさき》を解《と》き放《はな》ちゐし　細見綾子

声《こえ》とほく水《みず》のくもれる杜若《かきつばた》　桂　信子

天上《てんじょう》も淋《さみ》しからんに燕子花《かきつばた》　鈴木六林男

燕子花高《かきつばたたか》きところを風《かぜ》が吹《ふ》き　児玉輝代

たそがれは東国《あずま》に濃《こ》かりかきつばた　大石悦子

柿《かき》の花《はな》

解説 カキノキ科の落葉高木。六月ごろ、黄白色の小さい花を開く。柿若葉の照りが美しいために見落とされやすいが、地上に落ちてから気づいて俳句に詠まれることが多い。雌花と雄花があり、雌花は雄花の倍ほどの大きさがある。雄花は数個ずつ、雌花は単生で花をつける。雄花はやがて落下し、雌花だけ残り、青い実をつける。秋の味覚としての柿は知っていても、花はあまり知られていない。柿の花がこぼれ落ちるさまには、独特の風情がある。

柿《かき》の花《はな》こぼるる枝《えだ》の低《ひく》きかな　富安風生

柿《かき》の花《はな》あまたこぼれつ家郷《かきょう》たり　岸　風三楼

柿《かき》の花《はな》ゆきかふ人《ひと》もなかりけり　山田みづえ

葬式《そうしき》に従兄弟《いとこ》集《あつ》まる柿《かき》の花《はな》　廣瀬直人

雨《あめ》の日《ひ》の一日《いちにち》こぼれ柿《かき》の花《はな》　倉田紘文

南瓜《かぼちゃ》の花《はな》

花南瓜《はなかぼちゃ》

解説 熱帯アジア原産。かぼちゃは主産地のカンボジアが訛《なま》ったのだろうといわれている。三〇〇年ほど前に渡来し、初めは観賞用であった。食用としては京都付近で栽培され、地方に広がったらしい。明治以降、北アメリカ、中央アメリカ原産の西洋かぼちゃが入ってきた。ウリ科の一年草。六月ごろ、葉のわきに黄色い大きめの花を開く。とうなす、ぼうぶらなどという地方もある。ウリ類の花では大形で人目にもつきやすく、俳句にも数多く詠まれている。

かぼちゃ咲《さ》き眼立《めた》て爪《つめ》たて蟹《かに》よろこぶ　西東三鬼

売《う》る豚《ぶた》の走《はし》り出《い》でたる花南瓜《はなかぼちゃ》　青柳志解樹

舟小屋《ふなごや》のうしろ日蔭《ひかげ》の花南瓜《はなかぼちゃ》　上村占魚

朝《あさ》の僧南瓜《そうかぼちゃ》の蔓《つる》を叱《しか》りをり　大串　章

花南瓜山《はなかぼちゃさん》河幼《がおさな》き日のままに　林　佑子

椎《しい》《しひ》の花《はな》《はな》

解説 ブナ科の常緑高木。花は雌雄同株で淡黄色。六月ごろ、一〇センチほどの花穂《かすい》に細かな花をつけ、強烈な甘い香りを放つ。この香りは虫を誘うためのもので、虫媒花という。椎は日本の照葉樹林の代表的なものの一つで、北は福島から南は沖縄の山地に野生し、花期には全山が黄色みがかかって見える。平地では公園、緑地、神社仏閣の境内などに多く植えられている。神社仏閣の境内には樹齢四〇〇〜五〇〇年ほどの大樹をよく見かける。花期にはよく匂う。

椎匂《しにお》ふ夜《よ》を充《み》ち充《み》ちて書《か》きゐたり　大野林火

杜《もり》に入《い》る一歩《いっぽ》に椎《しい》の花匂《はなにお》ふ　山口誓子

椎《しい》の香《か》や一人頷《ひとりうなず》く夜《よる》の坂《さか》　藤田湘子

椎咲《しいさ》くや島《しま》は田風《たかぜ》のまつさかり　吉田鴻司

椎《しい》の花神《はなかみ》も漢《おとこ》の匂《にお》ひせり　角川春樹

栗《くり》の花《はな》

花栗《はなぐり》　栗咲《くりさ》く

解説　ブナ科の落葉高木。山野に自生し、高さ一〇メートルを超える。食用として庭や畑などにも栽植される。葉は長楕円《ちょうだえん》形で、縁に鋸《のこぎり》の歯のような切れ込みがある。初夏のころ、長さ一五センチほどの花穂《かすい》を木いっぱいにつけ、独特の青臭い匂いを放つ。栗の木は雌雄同株で、雄花は花穂に密集した白色、雌花は淡緑色で根元に小さくついている。雌花が長じて毬《いが》になり、雄花は授粉後、黄色みを帯び、茶色になって房ごと落ちる。

栗は日本の特産品である。水はけのよい、山間不毛の地でも育ち、果実が保存できるので、ときには飢饉《ききん》を救い、戦国時代の兵糧《ひょうろう》ともなった。『日本書紀』には持統天皇が栗栽培を奨励した記事もあり、わが国の栽培果樹のなかでも最古のもののひとつ。

長野県上高井郡小布施《おぶせ》町は、文化年間（一八〇四〜一八）に創製された菓子、「栗落雁《くりらくがん》」で有名。花栗の季節になると小布施町は、栗の花の匂いでむせ返るようになる。

花栗《はなぐり》のちからかぎりに夜《よ》もにほふ

飯田龍太

鑑賞 栗の花の独特の匂いに感動の焦点を絞った秀吟。力の限りを尽くし、夜に入っても匂い続ける花栗。夜空に咲く花栗の白さと香りに生命感が漂っているかのようだ。下五は「夜もなお匂い続けている」という意味。

世《よ》の人《ひと》の見付《みつ》けぬ花《はな》や軒《のき》の栗《くり》　芭蕉

栗《くり》咲《さ》く香《か》血《ち》を喀《は》く前《まえ》もその後《あと》も　石田波郷

馬《うま》の飲《の》む泉《いずみ》の深《ふか》し栗《くり》咲《さ》けり　村越化石

ゴルゴダの曇《くも》りの如《ごと》し栗《くり》の花《はな》　平畑静塔

栗《くり》の花《はな》われにいつより不眠症《ふみんしょう》　森澄雄

眉《まゆ》濃《こ》ゆき妻《つま》の子《こ》太郎《たろう》栗《くり》の花《はな》　沢木欣一

花栗《はなぐり》の風《かぜ》のふはりと国《くに》なまり　吉田鴻司

単に栗といえば、秋の果実を指す。栗の花を的確に描写すると独自な発見につながる。

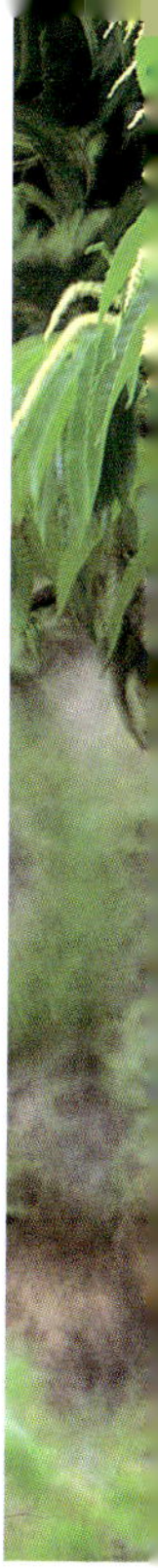

花《はな》栗《ぐり》や力《ちから》欲《ほ》しくて朝《あさ》湯《ゆ》して　岡本　眸

栗《くり》の花《はな》匂《にお》ふ若《わか》狭《さ》のほとけ道《みち》　佐川広治

栗《くり》の花《はな》日本《やまと》武尊《たける》の目覚《めざ》めけり　角川春樹

石榴《ざくろ》の花《はな》

花石榴《はなざくろ》

解説 西アジアに野生し、日本には平安時代に渡来したといわれる。『古今六帖《こきんろくじょう》』に「あしびきの山石榴咲く八峰越し鹿まつ君が祝ひ妻かも」と詠われている。石榴の語源は、漢音「セキリュウ」の転じたものという。観賞用または薬用として栽培され、実の生《な》るもの、生らないものの二種類がある。梅雨時の紅い花の少ないころ、この花が緑の葉の間から鮮やかな赤橙色で燃えるように咲くのは印象的である。白、淡紅、朱などの種類もある。

花石榴雨《はなざくろあめ》きらきらと地《ち》を濡《ぬ》らさず　大野林火

妻《つま》の筆《ふで》ますらをぶりや花石榴《はなざくろ》　沢木欣一

思案《しあん》して思案《しあん》なかりき花石榴《はなざくろ》　森　澄雄

花石榴裏山《はなざくろうらやま》の空残《そらのこ》りたり　森田緑郎

かははぎの皮剥《かわは》ぐ漁婦《ぎょふ》や花《はな》ざくろ　松本澄江

鴨足草《ゆきのした》

雪《ゆき》の下《した》　虎耳草《ゆきのした》

解説　ユキノシタ科の多年草。ほの暗い、石垣などの湿地に群生する。観賞用として庭の池、畔《あぜ》などにも栽培する。六、七月ごろ、花茎が伸びてたくさんの五弁の花をつける。葉は丸くて厚く、表面は緑色で白い斑《ふ》入りのこともあり、赤い毛が生えている。裏面は暗赤色をしている。この葉は耳の病気や腫《は》れものなどの薬として用いられた。名は、雪の下でも枯れずに緑を保っているから雪の下、さらに花の形が鴨《かも》の足に似ているところから鴨足草の字を当てたという。

夕焼《ゆうやけ》は映《うつ》らず白《しろ》きゆきのした　渡辺水巴

雨乞《あまご》ひの神《かみ》に霧《き》らひて鴨足草《ゆきのした》　吉田鴻司

滝壺《たきつぼ》をのぞく形《かたち》の鴨足草《ゆきのした》　今井つる女

鴨足草見《ゆきのしたみ》るたびに目《め》をしばたたく　市村究一郎

鴨足草《ゆきのした》ふはふは咲《さ》いて世阿弥論《ぜあみろん》　鈴木鷹夫

南天《なんてん》の花《はな》

花南天《はななんてん》　花天燭《はなてんてん》
南天竹《なんてんちく》

解説　メギ科の常緑低木。中部以南の本州、四国、九州の山中に自生する。高さ一~三メートルくらい。『滑稽雑談《こっけいぞうだん》』に「これを庭中に植ゆれば火災を避くべく、はなはだ験《しるし》あり」と説かれているように縁起木《えんぎぼく》であり、庭によく植えられる。七月ごろ茎の頂に花穂《かすい》を出し、六弁の白い円錐《えんすい》状の花を開く。花が小さくてあまり人目を引かない。冬季に熟す深紅の実が花より美しく、枝を切って観賞する。正月の床飾りにもされる。

花南天実《はななんてんみの》るかたちをして重《おも》し　長谷川かな女

南天《なんてん》の花《はな》の向《む》こうの庭木《にわき》かな　草間時彦

なんてんの花《はな》を濡《ぬ》らして山《やま》の雨《あめ》　今井杏太郎

南天《なんてん》の花《はな》にとびこむ雨《あま》やどり　飴山　實

花南天《はななんてん》こぶりに妻《つま》の誕生日《たんじょうび》　本宮鼎三

葵《あおい》 あふひ

花葵《はなあおい》　銭葵《ぜにあおい》　立葵《たちあおい》　蜀葵《からあおい》

解説 アオイ科の越年草。単にアオイという植物はなく、一般にタチアオイのことをアオイという。アオイの名が日本で最初に現れるのは『万葉集』といわれるが、これはフユアオイ（冬葵）あるいは二葉《ふたは》葵であるらしい。京都・賀茂《かも》神社の賀茂祭《かもまつり》（葵祭）に用いられる神聖な草花とされ、「葵祭」の名称もここから生じた。徳川家の「葵の紋」は二葉葵の葉を三枚組み合わせ、紋章化したもの。六、七月ごろ、紅、紫、白など大形の美しい五弁花を開く。花言葉は「平安」「単純」。

立葵《たちあおい》咲《さ》き終《おわ》りたる高《たか》さかな　高野素十

門《かど》に待《ま》つ母立葵《ははたちあおい》より小《ちい》さし　岸風三樓

立葵《たちあおい》まづ見《み》えて来《き》て京都《きょうと》なり　森澄雄

湯《ゆ》をつかふ音《おと》が裏手《うらて》に立葵《たちあおい》　鷲谷七菜子

街道《かいどう》のはじめに雨《あめ》の立葵《たちあおい》　角川春樹

山法師《やまぼうし》《やまばふし》

山帽子《やまぼうし》　山桑《やまぐわ》

解説　山地に自生するミズキ科の落葉高木。高さ六～一五メートル。五、六月ごろ、緑の山中に、雪をかぶったように白色四弁の苞《ほう》を広げ、芯《しん》に緑黄色の小さな丸い花をつける。名の由来は、白い苞《ほう》を頭巾《ずきん》に、丸いつぼみを法師の頭に見立てたものという。山帽子ともいわれるのは、花を上から見ると、鍔広《つばひろ》の帽子のように見えるからである。秋には赤い実をつけ、食べられる。桑《くわ》の実に似ているので山桑ともいう。花水木にも似ているが、山法師は日本の特産品。

旅《たび》は日《ひ》を急《いそ》がぬごとく山法師《やまぼうし》　森　澄雄

山法師《やまぼうし》咲《さ》いて大《おお》きな開拓碑《かいたくひ》　大橋敦子

遥《はる》か見《み》るとき遥《はる》かなる山法師《やまぼうし》　篠崎圭介

雲中《うんちゅう》にして道岐《みちわか》れ山法師《やまぼうし》　木内彰志

遠《とお》からぬ海《うみ》に没《い》る日《ひ》や山法師《やまぼうし》　角川春樹

アマリリス

解説 ヒガンバナ科の球根植物。原産は南アフリカ。いくつかの原種を交配してできた園芸種。江戸時代の嘉永年間（一八四八〜五四）に渡来したといわれる。三、四月に球根を植え、五、六月に開花する。三〇〜七〇センチの花茎の頂に、百合《ゆり》に似た花を数個開く。色は品種によって赤、橙《だいだい》、白などがある。鉢植え、切り花、花壇など観賞用に広く親しまれている。温室作りでは、冬季、早春に観賞することができるが、俳句の季語としては夏の花である。

アマリリス跣《はだし》の童女《どうじょ》はだしの音《おと》　橋本多佳子

原爆《げんばく》の地《ち》に直立《ちょくりつ》のアマリリス　横山白虹

アマリリス邪蘇名《やそな》マリアの墓多《はかおお》き　古賀まり子

アマリリス心《こころ》の窓《まど》を一《ひと》つ開《あ》け　倉田紘文

あまりりす妬《ねた》みごころは男《おとこ》にも　樋笠文

合歓《ねむ》の花《はな》

ねぶの花《はな》　花合歓《はなねむ》

解説　合歓は本州、四国、九州、沖縄に分布するマメ科の落葉高木。ねぶたのき、こうかのき、ねむの木の別名がある。葉は夜になるとぴたりと合わされて就眠するので、ねむの名がある。花は夕方開く。六、七月ごろ、小枝の先に淡紅色の花が多数集まって頭状をなす。絹糸のような多数の花は雄《お》しべで、花びらはその根元につくが目立たない。夢のように咲く美しさをめでて、庭に植えられたりする。

『万葉集』に詠《うた》われている「昼は咲き夜は恋ひ宿《ぬ》る合歓《ねぶ》木の花君のみ見めやわけさへに見よ」は、葉のしぼむ夕暮れにほのぼのと開き、夜になっても咲いている合歓の花の特徴を的確にとらえている。〈鑑賞〉に掲げた『おくのほそ道』の芭蕉の句は合歓の花の代表句であるが、当時海波の寄せる秋田県象潟《きさかた》には合歓の木は少なかったと想像される。芭蕉が山形県の鶴岡から酒田へと下った赤川には、合歓の木が多く見られたところから、舟上での嘱目《しょくもく》が象潟での体験に結びついた作とも考えられる。

象潟《きさかた》や雨《あめ》に西施《せいし》がねぶの花《はな》

芭蕉

鑑賞 『おくのほそ道』の旅中、羽後《うご》の国（秋田県）象潟での作。象潟に来て雨に煙っている風景を眺めていると、合歓の花には哀れなやさしさがあり、中国春秋時代の美人の西施がもの思わしげに目をつぶっている趣がある。

銀漢《ぎんかん》やどこか濡《ぬ》れたる合歓《ねむ》の闇《やみ》　加藤楸邨

谷空《たにぞら》にかざして合歓《ねむ》のひるのゆめ　長谷川素逝

馬《うま》の眼《め》のどこかが赤《あか》し合歓《ねむ》の花《はな》　横山白虹

どの谷《たに》も合歓《ねむ》のあかりや雨《あめ》の中《なか》　角川源義

合歓《ねむ》咲《さ》けり見《み》るものなべて翳深《かげふか》く　加倉井秋を

沖《おき》の荒《あ》れ合歓《ねむ》はねむりの中《なか》にゐて　桂信子

花合歓《はなねむ》の下《した》を睡《ねむ》りの覚《さ》めず過《す》ぐ　飯田龍太

合歓《ねむ》の花《はな》沖《おき》には紺《こん》の潮《しお》流《なが》る
沢木欣一

花《はな》合歓《ねむ》の夢見《ゆめみ》るによき高《たか》さかな
大串　章

花《はな》合歓《ねむ》の峠《とうげ》越《こ》えゆく薬《くすり》売《う》り
佐川広治

夕暮を美しく彩る合歓の花。朝方、葉の開く前に衰える。その瞬時を捉えるのが句作の妙味。

梔子《くちなし》の花《はな》

梔子《くちなし》　花梔子《はなくちなし》

解説　くちなしの名は、実が熟しても口を開かないところからつけられた。アカネ科の常緑低木で、高さ一、二メートル。日本南部、台湾、中国が原産地。葉は光沢がある。六、七月ごろ、白い六弁の花を開き芳香を漂わせる。夜はことに香りが高い。花は初めは白いが、やがて黄色くなる。日本では静岡県以西に自生するが、多くは観賞用に庭木として植えられている。平安時代に梔子衣《くちなしぎぬ》といって、この実で衣を染めた。花言葉は「洗練」「優雅」。

今朝《けさ》咲《さ》きしくちなしの又白《またしろ》きこと　星野立子

プールサイドに梔子《くちなし》の花《はな》載せ泳《およ》ぐ　能村登四郎

くちなしの花夢《はなゆめ》見るのは老《お》いぬため　藤田湘子

くちなしの香《か》や尼寺《あまでら》はこのあたり　黛　執

くちなしの束《たば》を深夜《しんや》に届《とど》けたり　和田耕三郎

グラジオラス

和蘭《オランダ》あやめ
唐菖蒲《とうしょうぶ》

解説 アヤメ科の多年草。原産地はアフリカ。グラジオラスの名前は、葉の形が剣に似ているので、ラテン語のグラディオラス（剣の縮小形）から起こったという。江戸時代にオランダ船によって持ち込まれたので、和蘭あやめ、唐菖蒲と呼ばれた。花は下から上に向かって咲く。品種によって、白、赤、淡紅、濃紅、ぼかしなどの美しい花をつける。ヨーロッパでは一六世紀ごろから品種改良が始まり、世界中で五〇〇〇種くらいの品種がある。

グラジオラスゆるるは誰《だれ》か来《く》るごとし　永田耕一郎

グラジオラス揺《ゆ》れておのおの席《せき》につく　下田実花

和蘭《オランダ》あやめ破《やぶ》れかぶれの膝《ひざ》を組《く》む　小川恭生

鼓笛隊《こてきたい》グラジオラスは耳《みみ》ひらく　雨宮きぬよ

船室《せんしつ》に活《い》けて反《そ》り身《み》のグラジオラス　高木公園

百合《ゆり》

鬼百合《おにゆり》　鉄砲百合《てっぽうゆり》　鹿《か》の子《こ》百合《ゆり》
白百合《しろゆり》　姫百合《ひめゆり》　山百合《やまゆり》

解説　ユリ科の多年草。種類が多く、それぞれに美しい花をつける。山地の草原などに自生する山百合もあるが、観賞用に栽培され、多くの人に親しまれている。詩歌の素材としても古くから詠《よ》まれ続けてきた。『万葉集』には「道の辺の草深《くさふか》百合《ゆり》の花《はな》咲《ゑ》みに咲《ゑ》まししからに妻と言ふべしや」などと詠《よ》まれている。まっすぐな茎に笹《ささ》に似た葉をつけ、初夏のころから秋にかけて花を咲かせる。花が重く、風に揺れやすいところから「ゆり」の名がつけられたという。キリスト教では白百合は純潔の象徴として聖母マリアに捧《ささ》げ、イースター、クリスマス、結婚式などの儀式にはなくてはならない花とされている。その容姿芳香を「歩む姿は百合の花」と擬人化して楽しんだりする（写真上はコオニユリ、左頁上はヤマユリ、下はカノコユリ）。

作句上のポイント　日本は世界でももっとも百合の種類が多い国とされている。笹百合、透百合《すかしゆり》、車百合、蝦夷《えぞ》すかし百合など傍題、異名以外にも多種、多彩にある。個々の品種をよく観察し、その個性を描写するよう心がけてほしい。

山百合《やまゆり》を捧《ささ》げて泳《およ》ぎ来《く》る子《こ》あり　富安風生

百合《ゆり》の蘂《しべ》みなりんりんとふるひけり　川端茅舎

百合《ゆり》折《お》らむにあまりに夜《よる》の迫《せま》りをり　橋本多佳子

百合《ゆり》の香《か》を怖《おそ》るる部屋《へや》を更《か》へにけり　中村汀女

百合《ゆり》咲《さ》くや海《うみ》よりすぐに山《やま》そびえ　鈴木真砂女

百合《ゆり》の香《か》のはげしく襲《おそ》ひ来《く》る椅子《いす》に　稲畑汀子

笹百合《ささゆり》や石《いし》の欠《か》けたる馬《うま》の墓《はか》　畠山譲二

杜鵑花《さつき》

五月躑躅《さつきつつじ》

解説 陰暦の五月、すなわちさつきのころに咲くつつじ。「さつきつつじ」が正式名で、略して「さつき」という。ツツジ科の常緑低木。一般のつつじに遅れて時鳥《ほととぎす》（杜鵑《ほととぎす》）の鳴くころに咲くので杜鵑花と書く。つつじの仲間としては花期がいちばん遅く、俳句の季語では夏の部に分類される。山に咲く自生のものもあるが、庭木や盆栽として栽培される。花は赤が普通だが、園芸種には白色、深紅色などがある。枝先に漏斗《ろうと》状の花をつける。

満開《まんかい》のさつき水面《みなも》に照《て》るごとし　杉田久女

親切《しんせつ》な心《こころ》であればさつき散《ち》る　波多野爽波

満開《まんかい》の杜鵑花《さつき》旅籠《はたご》の縄梯子《なわばしご》　皆川盤水

枝振《えだぶ》りの六方《ろっぽう》を踏《ふ》む杜鵑花《さつき》かな　轡田　進

再会《さいかい》す杜鵑花《さつき》の紅《べに》のいよよ濃《こ》く　鍵和田秞子

馬鈴薯《じゃがいも》の花《はな》

じゃがたらの花《はな》
馬鈴薯《ばれいしょ》の花《はな》

解説 ナス科の多年草。南米アンデス高原原産。慶長年間（一五九六〜一六一五）にオランダ商船がジャカトラ（インドネシアの首都ジャカルタ）を経て長崎に持ち込んだので、地名が訛《なま》ってジャガタライモと呼ばれるようになった。また根の薯《いも》が馬の鈴のように連なっているので馬鈴薯ともいう。山地で栽培されるが、気象条件の合う北海道や長野などの土地も適する。六、七月ごろ、白または紫の星形の花を咲かせる。北海道の広大な畑に咲くさまは壮観、かつ風情がある。

みつしよんの丘《おか》じゃがたらの咲《さ》く日《ひ》かな　中村汀女
じゃがいもの花《はな》に朝《あさ》の蚊《か》沈《しず》みゆく　阿部みどり女
馬鈴薯《ばれいしょ》の花《はな》に日暮《ひぐれ》の駅《えき》があり　有働亨
じゃがたらの花《はな》のはるかへ眼《め》を移《うつ》す　鷹羽狩行
じゃがたらが咲《さ》いて天女《てんにょ》を嫁《よめ》にして　関戸靖子

螢袋《ほたるぶくろ》

釣鐘草《つりがねそう》　提灯花《ちょうちんばな》　風鈴草《ふうりんそう》

解説　山野に自生するキキョウ科の多年草。釣鐘草、提灯花、風鈴草とも呼ばれるが、すべて花の形からきている。草丈は六〇センチくらい。茎の葉に薄毛が生えている。六、七月ごろ、枝の先に釣鐘状の淡い紅紫色または白色の花を開く。花の内側に紫の斑点《はんてん》がそばかすのように見える。下を向いて咲くので、釣り鐘、提灯、風鈴に似た形になる。子供が螢を捕って、この花に入れて遊んだところからこの名がついたという。

夕風《ゆうかぜ》にほたるぶくろのひとかたまり　細見綾子

螢袋咲《ほたるぶくろさ》く山小屋《やまごや》の裏梯子《うらばしご》　柴田白葉女

螢袋《ほたるぶくろ》は愁《うれ》ひの花《はな》か上向《うえむ》かず　鈴木真砂女

螢袋《ほたるぶくろ》に指《ゆび》入《い》れ人《ひと》を悼《いた》みけり　能村登四郎

人声《ひとごえ》の螢袋《ほたるぶくろ》に来《き》てやさし　高橋悦男

石竹《せきちく》

唐撫子《からなでしこ》

解説 ナデシコ科の多年草。中国の原産。唐撫子《からなでしこ》ともいう。観賞用の草花で、切り花にもなる。高さ三〇センチ内外で、茎は角張って節《ふし》が盛り上がっている。葉は細く、緑色が白みを帯びる。花は撫子に似て五枚の花弁の先に鋸《のこぎり》状の切れ込みがある。色はピンクが普通だが、黒紅色、紅色、白色などもある。『万葉集』に「石竹」と書いて「なでしこ」と読ませる歌があるが、日本種とみられている。『枕草子』には唐撫子《からなでしこ》の名があり、このころ渡来したと思われる。

石竹《せきちく》やおん母小《ははちい》さくなりにけり　石田波郷

喪《も》の妻《つま》と雨《あめ》の石竹沈《せきちくしず》むかな　村沢夏風

石竹《せきちく》や美少女《びしょうじょ》なりし泣《な》きぼくろ　倉橋羊村

石竹《せきちく》の揺《ゆ》れ合《あ》ふ丈《たけ》の揃《そろ》ひたる　上野さち子

普《ふ》茶料理《ちゃりょうり》唐撫子《からなでしこ》の紅挿《べにさ》して　北　さをり

虎尾草《とらのお》《とらのを》

解説 サクラソウ科の多年草。東南アジアの温帯に分布。日本では本州中部、四国、九州北部の山野に自生する。茎は分岐せず直立して根元のほうが赤い。高さ六〇～九〇センチ。葉は百合《ゆり》に似て、先がとがり、細毛がある。夏から秋にかけて茎の頂に穂のような白色五弁の細かい花が集まって咲く。下のほうからだんだんに咲き、先端は跳ねあがっている場合が多い。花の集まった先が虎の尻尾の形に似ているので、この名がついた。

虎尾草《とらのお》の先青《さきあお》く刎《は》ね子《こ》らのこゑ　飯島晴子

夕虹《ゆうにじ》や虎尾草《とらのお》はまだをさなかり　青柳志解樹

虎《とら》の尾《お》の花《はな》や夕闇地《ゆうやみち》より湧《わ》く　吉谷実喜夫

虎尾草《とらのお》の咲《さ》くべく木曾《きそ》の高曇《たかぐもり》　宮坂静生

とらのをの尾《お》の短《みじか》きへ日《ひ》が跳《は》ねて　大石悦子

花菖蒲《はなしょうぶ》

はなしやうぶ

白菖蒲《しろしょうぶ》　黄菖蒲《きしょうぶ》　菖蒲園《しょうぶえん》

解説　アヤメ科の多年草。菖蒲の葉に似ていて、花を開くことからこの名がつけられた。水辺などの湿地に栽培される。約五〇〇年前の文書に初めて花菖蒲という名称が現れている。山野に自生し赤紫色の花を開く野花菖蒲《のはなしょうぶ》から改良され、多くの品種を生んだ。日本産の園芸植物で江戸時代に広く普及した。六月ごろ、高い花茎に大きな花を開く。色は紫、白、濃紫、絞りなど。葉に縦に筋が一本通っているので、渓蓀《あやめ》や燕子花《かきつばた》と区別できる。

こんこんと水《みず》は流《なが》れて花菖蒲《はなしょうぶ》　臼田亜浪

花菖蒲《はなしょうぶ》たゞしく水《みず》にうつりけり　久保田万太郎

花菖蒲《はなしょうぶ》夜《よる》は翼《つばさ》のやはらかし　森　澄雄

まつすぐに雨《あめ》の糸見《いとみ》ゆ花菖蒲《はなしょうぶ》　有馬朗人

文《ふみ》を解《と》くごとしや朝《あさ》の白菖蒲《しろしょうぶ》　角川照子

月見草《つきみそう》《つきみさう》

待宵草《まつよいぐさ》　大待宵草《おおまつよいぐさ》

解説 太宰治《だざいおさむ》が『富嶽百景《ふがくひゃっけい》』のなかで「富士には月見草がよく似合う」と書き、一躍脚光を浴びた。しかし、現在、月見草と称されているのは、別種の待宵草、大待宵草である。月見草はアカバナ科の二年草、北米原産。嘉永年間（一八四八～五四）に渡来し、観賞草花として栽培された。夏の夕方、細長い蕾《つぼみ》が徐々にほどけて、純白の四弁花を開く。中央に長い雄《お》しべが立ち、柱頭は十字形をしている。夜半になると淡紅色に変わり、朝にはしぼむ。どことなくはかない感じの花である。同時代に渡来した待宵草、大待宵草も栽培されたが野に逃げ出し、現在では海辺や河原、鉄道沿線などいたるところにある。南米チリ原産の二年草。鮮黄四片の花を開く。大待宵草は北米原産。草丈一・五メートルにもなり、茎先に連なって黄色い花を開く。本来の月見草は性質が弱いため野生化せず、いまでは、ごく一部で、栽培されているのみである。太宰治の月見草も俳句に詠まれる月見草も大待宵草であると考えていい。

開《ひら》くとき蘂《しべ》の寂《さび》しき月見草《つきみそう》

高浜虚子

鑑賞 この月見草もやはり大待宵草だろう。黄色い四弁の花を夕暮れに開き、朝の光を受けて萎《しお》れるこの花には、甘美な愁いがある。四枚の花びらが大きく開ききるとき、中央の蘂《しべ》にさびしさを感じとった詩眼は鋭い。

月見草《つきみそう》ランプのごとし夜明《よあ》け前《まえ》　川端茅舎

松《まつ》の根《ね》も石《いし》も乾《かわ》きて月見草《つきみそう》　橋本多佳子

月見草《つきみそう》富士《ふじ》は不思議《ふしぎ》な雲聚《くもあつ》め　河野南畦

小日向《こひなた》に切支丹坂《きりしたんざか》月見草《つきみそう》　石原八束

紅《べに》さしてきし真夜中《まよなか》の月見草《つきみそう》　青柳志解樹

山荘《さんそう》の月見草《つきみそう》恋《こ》ふ心《こころ》あり　稲畑汀子

水《みず》かけて二《に》の腕洗《うであら》ふ月見草《つきみそう》　岡本眸

いとほしき夜《よ》明《あ》けの色《いろ》の月見草《つきみそう》

椎橋清翠

月見草《つきみそう》しばらく残《のこ》る汽車《きしゃ》匂《にお》ひ

伊藤通明

月見草《つきみそう》一茶《いっさ》の馬《うま》の駈《か》けて来《こ》よ

角川春樹

月見草も一部で栽培されている。大待宵草との違いを確認することも、句作の上では大切である（写真右は大待宵草、下は待宵草）。

未央柳《びようやなぎ》《びやうやなぎ》

美容柳《びようやなぎ》　美女柳《びじょやなぎ》　金糸桃《きんしとう》

解説　オトギリソウ科の半落葉低木。中国原産。高さ一メートルくらい。江戸時代に渡来した。葉の形の似ているところから「やなぎ」の名で呼ばれるが、観賞花として庭に栽培される。六、七月ごろ、黄色の五弁花を開く。多数の長い雄《お》しべは金糸のようで美しい。『篗纑輪《わくかせわ》』に「一名金糸桃。花は桃に似て黄なり。梅雨の中に開く。葉は柳の如し」という説明がある。梅雨時に咲くこの黄色い花は明るくきわだっている。

一行《いちぎょう》の詩《し》は金色《こんじき》の美女柳《びじょやなぎ》　都川一止

そのかみの貴公子《きこうし》なりき未央柳《びようやなぎ》　中西舗土

未央柳年月母《びようやなぎねんげつはは》のごとく咲《さ》く　福原十王

ひとりゐて未央柳《びようやなぎ》の雨《あめ》ふかし　上野好子

傘《かさ》ひらく未央柳《びようやなぎ》の明《あか》るさに　浜田菊代

紅《べに》の花《はな》

紅藍花《べにばな》　紅粉花《べにばな》　末摘花《すえつむはな》

解説　エジプト原産といわれる越年草。推古天皇の代に高麗《こうらい》の曇徴《どんちょう》が持参したのが渡来の初めといわれる。茎は上部で分岐し、葉は互生した深緑色。六、七月ごろ、鮮紅黄色の薊《あざみ》に似た花をつける。この花を摘み取って紅《べに》を作る原料にした。普通「べにばな」と呼ばれ、栽培は山形県最上川《もがみがわ》流域が盛んで、山形県の県花にもなっている。現在も切り花用や紅花油、染料や薬用として数多く栽培されている。

峠《とうげ》より日《ひ》の濃《こ》くなれり紅《べに》の花《はな》　皆川盤水

さびしをりほそみなるや紅《べに》の花《はな》　加藤三七子

紅花《べにばな》の末摘《すえつ》むさまをまのあたり　堀口星眠

月山《がっさん》へつぎはぎの雲《くも》紅《べに》の花《はな》　藤田あけ烏

曲《ま》がり家《や》の牛《うし》鳴《な》いてをり紅《べに》の花《はな》　阿部月山子

百日紅《さるすべり》

百日紅《ひゃくじつこう》　白百日紅《しろさるすべり》

解説　ミソハギ科の落葉高木。原産地はインド。高さ三～七メートル。江戸時代に中国から渡来し、初めは仏縁の木として寺の境内などに植えられた。淡褐色の木肌は艶《つや》があり滑《なめ》らかでこぶが多い。七月ごろ淡紅色の花を開く。夏から秋にかけて百日もの間、紅い花を咲き通すということからこの名がついた。和名の「さるすべり」は、木登りを得意とする猿もすべりそうな感じのするところからきている。中国では紅紫色の花を紫薇《しび》、淡紫色を藍薇《あいび》、白色を白薇《はくび》という。日本の園芸品種にも白や紫がある。庭木として植えるほか、材を農具の柄やステッキ、家具や民芸品の材料にする。花期が長いので、この花が豊かに咲くと豊作になるという言い伝えがあった。

作句上のポイント

仏縁の木として江戸時代に中国から渡ってきた百日紅は、やはり現在でも寺社の庭園に多くある。鎌倉や京都、奈良などの古都を巡ると夏を彩り、美しく咲いている。奈良の斑鳩《いかるが》の法《ほっ》起《き》寺《し》の百日紅は特に美しい。

ゆふばえにこぼるる花《はな》やさるすべり　日野草城

咲《さ》き満《み》ちて天《てん》の簪《かんざし》百日紅《ひゃくじっこう》　阿部みどり女

百日紅《ひゃくじっこう》つかれし夕《ゆう》べむらさきに　橋本多佳子

女来《おんなく》と帯《おび》纏《ま》き出《い》づる百日紅《ひゃくじっこう》　石田波郷

採血《さいけつ》や雨後《うご》なほ燃《も》えて百日紅《ひゃくじっこう》　楠本憲吉

さるすべり美《うつく》しかりし与謝郡《よさごおり》　森澄雄

何恃《なにたの》めとや踊《おど》り咲《さ》く百日紅《ひゃくじっこう》　岡本眸

沙羅《さら》の花《はな》

夏椿《なつつばき》　さるなめ
姫沙羅《ひめしゃら》　沙羅《しゃら》の花《はな》

解説　ツバキ科の落葉高木。新潟、福島以南の本州および四国、九州の山地に自生するが、庭木として栽培される。七月ごろ、葉の付け根に直径五センチほどの白い花が開く。椿《つばき》とよく似ているが、皺《しわ》があり裏に微毛の生えているところが違う。インドのフタバガキ科の沙羅双樹《さらそうじゅ》に似ているので、この名がついたが、植物学上はまったく別種。花の終わりに近づくと緑の萼《がく》が中央に集まり、花弁を押し出して落とす。茶花として用いられる。

沙羅《さら》の花《はな》もうおしまひや屋根《やね》に散《ち》り　山口青邨

あは〳〵と沙羅《さら》の花《はな》びら空《そら》にあり　沢木欣一

夏椿《なつつばき》一輪《いちりん》が守《も》る虚子《きょし》の墓《はか》　鈴木真砂女

二三滴雨《にさんてきあめ》のこりゐる夏椿《なつつばき》　福田甲子雄

華《はな》やぎの中《なか》の落着《おちつ》き沙羅《さら》の花《はな》　稲畑汀子

玫瑰《はまなす》

浜梨《はまなし》

解説　バラ科の落葉低木。原産地は中央アジアの近辺。一〇世紀ごろ中国、朝鮮を経て渡来した。太平洋側は茨城県、日本海側は鳥取県を南限とする。北海道の真っ青な海を背景に咲く美しさは格別である。枝には剛毛と棘《とげ》が生え、葉は複葉をなす。花は紅紫色の五弁花で、六、七月ごろが盛花期となる。花のあと梨に似た実をつける。はまなすの名は、東北地方の人がシをスのように発音するので「はまなし」が「はまなす」に転じたといわれる。

玫瑰《はまなす》や仔馬《こうま》は親《おや》を離《はな》れ跳《と》び　高浜年尾

玫瑰《はまなす》や今《いま》も沖《おき》には未来《みらい》あり　中村草田男

玫瑰《はまなす》やとはにうつむく啄木像《たくぼくぞう》　清水基吉

玫瑰《はまなす》の夜明《よあ》けはいつも舟《ふね》の音《おと》　原田青児

玫瑰《はまなす》や漁師《りょうし》は死《し》して海《うみ》のこり　檜紀代

夾竹桃《きょうちくとう》《けふちくたう》

桃葉紅《とうようこう》

解説 原産地はインドだが、日本には江戸時代に中国より渡来し、夏の花木として愛好されている。キョウチクトウ科の常緑樹。高さは三メートルくらい。花は六月から九月ごろまで咲き続け、花期は長い。枝先に紅色の花が群がって咲く。花は濃桃色が多いが園芸種には淡黄色や純白色もあり、また八重咲きのものもある。乾燥や潮風、大気汚染にも強いので、海岸や道路沿いの植え込みにも植えられる。工場地帯や都市の緑化にはなくてはならない樹木となっている。炎暑のころが花の盛りで、青空に映えている姿は見事である。俳人たちには、八月の原爆記念日、敗戦記念日のころにたくましく咲いていたさまが印象深かったらしく、そのような趣の俳句が数多く作られている。葉や枝を切ると出る乳液は有毒で、維新の西南《せいなん》の役《えき》で官軍の兵士が夾竹桃の枝を箸《はし》代わりに使い、亡くなったという話が伝わっている。美しいだけではない、暗さのひそんでいる花でもある。

夾竹桃《きょうちくとう》しんかんたるに人《ひと》をにくむ

加藤楸邨

鑑賞　猛暑のさなか夾竹桃が咲き誇っている。炎天下、歩く人はいなく、人声もしない。森閑《しんかん》と静まり返っている空に咲く夾竹桃。毎年、この花が咲くと人を憎むおもいが起こる。自分も含めての人間批判の作品となっている。

夾竹桃《きょうちくとう》戦車《せんしゃ》は青《あお》き油《あぶら》こぼす　中村草田男

夾竹桃《きょうちくとう》寝覚《ねざ》めの吾子《あこ》の尿《しと》きよし　能村登四郎

夾竹桃《きょうちくとう》燃《も》ゆる揺《ゆ》れざま終戦日《しゅうせんび》　松崎鉄之介

雨脚《あまあし》の火《ひ》の島《しま》よりぞ夾竹桃《きょうちくとう》　吉田鴻司

夾竹桃《きょうちくとう》東京《とうきょう》砂漠《さばく》灼《や》けはじむ　千代田葛彦

二階《にかい》より見《み》えて夜明《よあ》けの夾竹桃《きょうちくとう》　菖蒲あや

夾竹桃《きょうちくとう》燃《も》ゆ広島《ひろしま》も長崎《ながさき》も　関口比良男

するすると尼《あま》の自《じ》転《てん》車《しゃ》夾竹桃《きょうちくとう》

綾部仁喜

歯《は》を抜《ぬ》きてちから抜《ぬ》けたり夾竹桃《きょうちくとう》

角川照子

夾竹《きょうちく》桃《とう》運《うん》河《が》一《いっ》本《ぽん》鉄《てつ》のごと

永方裕子

夾竹桃は六月から九月下旬ごろまで咲く花期の長い花。秋には「秋の夾竹桃」とすべきだろう。

十薬《じゅうやく》 じふやく

どくだみ

解説 梅雨のころ、白い地下茎を伸ばし、湿った平地や日蔭に繁殖するドクダミ科の多年草。四個の白色の苞《ほう》が目立ち、十字の花のように見える。うす暗がりに浮かぶ白十字は、ことに風情がある。その頂に黄色い穂《すい》状の花が集まって咲く。特有の臭気がある。ドクダミの花は、「毒痛み」からきている。十薬とも称されるように、整腸、利尿、解毒など民間薬としての用途が広い。

毒《どく》だみや十文字《じゅうもじ》白《しろ》き夕《ゆう》まぐれ　石橋秀野

十薬《じゅうやく》の匂《にお》ひに慣《な》れて島《しま》の道《みち》　稲畑汀子

十薬《じゅうやく》の才気《さいき》ささふるもの狂気《きょうき》　鷹羽狩行

十薬《じゅうやく》の母《はは》の生地《せいち》の土《つち》やはらか　上田五千石

十薬《じゅうやく》や不安《ふあん》の二三《にさん》けむりをり　能村研三

昼顔《ひるがお》《ひるがほ》

旋花《ひるがお》　鼓子花《こしか》

解説　ヒルガオ科の多年草。野原、路傍など、どこにでも生える。地中を走る茎から蔓《つる》性の茎を出して草木や垣根などいたるところに巻きつく。花の形は朝顔に似ているがやや小さく、初夏のころ、淡紅色または白に近い色で咲く。夏の強い光を受けて咲き、夕方しぼむ。

朝咲いてしぼむ朝顔、夕暮れに咲く夕顔に対して、昼顔という。いくさの時に使われる鼓状の楽器に形が似ているので、鼓子花、旋花ともいう。

ひるがほのほとりによべの渚《なぎさ》あり　石田波郷

昼顔《ひるがお》にひと日《ひ》けだるき波《なみ》の音《おと》　鈴木真砂女

昼顔《ひるがお》は摘《つ》まぬ花《はな》なり石《いし》の門《もん》　中村苑子

昼顔《ひるがお》や声荒《こえあら》き海《うみ》すぐそこに　木村敏男

昼顔《ひるがお》の咲《さ》いて縄文美人《じょうもんびじん》の目《め》　新谷ひろし

姫女苑《ひめじょおん》《ひめぢょをん》

解説 北アメリカ原産のキク科の多年草。明治の初めに渡来した帰化植物。繁殖力が強く、今では全国の野原や畑、路傍などに生えている。初めはヤナギバヒメギクと呼ばれていたが、小花で可憐《かれん》なところからこの名で呼ばれるようになった。茎の高さは三〇センチ～一メートル。葉、茎に細毛がある。梢《こずえ》は枝分かれして、その先に菊のような白い花を多数つける。若芽は春菊のような香りがして美味、食用となる。

姫女苑《ひめじょおん》しろじろ暮《く》れて道《みち》とほき　伊東月草

姫女苑《ひめじょおん》雪崩《なだ》れて山《やま》の風青《かぜあお》し　阿部みどり女

巫女《みこ》がいふ雨降《あめふ》り草《ぐさ》や姫女苑《ひめじょおん》　星野麦丘人

濁流《だくりゅう》の洲《す》に残《のこ》りたる姫女苑《ひめじょおん》　福田甲子雄

原爆《げんばく》ドームの中風《なかかぜ》ばかり姫女苑《ひめじょおん》　和田順子

茄子《なす》の花《はな》

なすびの花《はな》　花茄子《はななす》

解説 ナス科の一年草。夏から秋にかけて楕円《だえん》形の葉の付け根に淡紫色の花をつける。インド原産で、中国経由で八世紀ごろ日本に渡来したという。花はほとんど結実するところから「親の意見と茄子《なすび》の花は、千に一つも無駄《むだ》がない」ということわざがある。果実をつけながら次々と花を咲かせているが、実際には落ちてしまう花もある。昔は観賞植物だったという。花も果実も茎葉も紫色で美しいので、うなずける。「なすび」ともいう。

妻《つま》病《や》んでゐて茄子《なす》の花十《はなとお》ばかり　細川加賀

うたたねの泪大事《なみだだいじ》に茄子《なす》の花《はな》　飯島晴子

紫《むらさき》の一色《いっしょく》を持《じ》し茄子《なす》の花《はな》　宇咲冬男

亡《な》き人《ひと》の数《かず》ほど茄子《なす》の花咲《はなさ》きて　山口いさを

父《ちち》も痩《やせ》われも痩《やせ》なり茄子《なす》の花《はな》　藤田あけ烏

紅蜀葵《こうしょっき》《かうしょくき》

もみじあおい

解説　アオイ科の多年草。原産地は北アメリカのフロリダ地方の沼沢地《しょうたく》といわれている。日本には明治初期に渡来した。観賞用に花壇や庭園で栽培される。茎は数本固まって直立し、一メートルから三メートルの高さになる。七、八月ごろ大きな鮮紅色《せんこう》の花を横向きに開く。花の間に隙間《すきま》があって花芯から長い蘂《しべ》が突き出し、掌状の葉も深く裂けている。葉の形がもみじに似ているところから、「もみじあおい」の名がついた。また江戸時代に中国から渡来し、栽培されていた黄蜀《おうしょっ》葵《き》（とろろあおい）に対し、紅蜀葵というようになった。黄蜀葵の女性的でソフトな感じと対照的に輪郭のはっきりした男性的な花といえる。同じアオイ科の木槿《むくげ》や芙蓉《ふよう》と同じように朝開いて夕方にしぼむ一日花だが、芙蓉のように淡さはなく、スリムで異国的な力強さを漂わす。紅蜀葵は代わる代わる花を開き、秋ごろまで咲いている。花の数も少なくなるが、残り花も印象的である。

沖《おき》の帆《ほ》にいつも日《ひ》の照《て》り紅蜀葵《こうしょっき》……中村汀女

鑑賞　遠い沖の炎天のもとに白い帆をあげ、ヨットが奔《はし》っている。輝く夏の太陽、青い海、白帆の動き。そして毎年同じ場所に咲く真紅で格の高い紅蜀葵の花。鮮やかな色彩の対照と遠近法の見事さを教えてくれる。

紅蜀葵《こうしょっき》真向《まむ》き横向《よこむ》ききはやかに　鈴木花蓑

紅蜀葵《こうしょっき》咲《さ》く地《ち》の影《かげ》に暑《しょ》を残《のこ》し　石原八束

紅蜀葵《こうしょっき》肱《ひじ》までとがり乙女達《おとめたち》　中村草田男

侘《わ》び住《す》みてをり一本《いっぽん》の紅蜀葵《こうしょっき》　深見けん二

夕日《ゆうひ》もろとも風《かぜ》にはためく紅蜀葵《こうしょっき》　きくちつねこ

雷鳴《らいめい》の一夜《ひとよ》のあとの紅蜀葵《こうしょっき》　井上雪

花《はな》びらの日《ひ》裏《うら》日《ひ》表《おもて》紅蜀葵《こうしょっき》　高浜年尾

下《げ》痢《り》腹《ばら》に三日《みっか》つき合《あ》ふ紅蜀葵《こうしょっき》
伊藤白潮

伊那《いな》へ越《こ》す塩《しお》の道《みち》あり紅蜀葵《こうしょっき》
宮岡計次

紅蜀葵《こうしょっき》わが血《ち》の色《いろ》と見《み》て愛《あい》す
岡本差知子

黄蜀葵と紅蜀葵はともにアオイ科の一年草と多年草。両方の句を作るのも楽しい。

梅鉢草《うめばちそう》《うめばちさう》

解説　ユキノシタ科の多年草。名前は、花の姿が加賀・前田家の家紋として有名な梅鉢に似ているところからつけられた。山地や湿原など湿り気があり、日当たりのよいところに自生する。草丈は一〇～三〇センチ。葉は円形またはハート形で厚く、長い柄を持つ。夏に、一枚の葉と白色の梅に似た小花をつける。分布は北海道、本州、四国、九州と広い。実は球形の莢《さや》になる。姫梅鉢草《ひめうめばちそう》は本州中部以北に分布し、花は一センチほどである。

浅間根《あさまね》のここら梅鉢草《うめばちそう》に径《みち》　上村占魚

良寛《りょうかん》の細《ほそ》き草鞋《わらじ》と梅鉢草《うめばちそう》　関口比良男

愛鷹《あしたか》にまづ山日和《やまびより》梅鉢草《うめばちそう》　山田みづえ

駒鳥《こま》ひそむ梅鉢草《うめばちそう》のひかる間《ま》も　六角文夫

梅鉢草《うめばちそう》尾根《おね》の光陰《こういん》足《た》りにけり　和久田隆子

月下美人《げっかびじん》

女王花《じょおうか》

解説 サボテン科の多年草。南アフリカの原産。茎の変化した節《ふし》は平たい多肉質で、サボテンのような棘《とげ》はない。夜の八時から九時ごろ、蕾《つぼみ》がふくらみはじめ、真夜中に香りの強い白色の大きな花を開き、数時間でしぼんでしまう。深夜、月光の下で美しい花を開くので、この名がつけられた。沖縄県など温暖の地に多かったが、現在では全国で栽培されるようになった。嫋々《じょうじょう》たるさまは、いかにも女王らしいムードを持っている。

焔《ほ》を吐《は》いて月下美人《げっかびじん》のひらきそむ　石原八束

月下美人夜《げっかびじんよる》に絶頂《ぜっちょう》ありにけり　原田青児

月下美人夜《げっかびじんよる》の向《む》うに海《うみ》の音《おと》　佐藤和夫

月下美人和紙《げっかびじんわし》を冥《くら》しと思《おも》ひけり　鍵和田秞子

月下美人天麩羅《げっかびじんてんぷら》にして食《と》うべけり　佐川広治

花魁草《おいらんそう》《おいらんさう》

草夾竹桃《くさきょうちくとう》

解説 ハナシノブ科の多年草。北アメリカ原産。高さ一メートルくらい。夏から秋にかけて夾竹桃《きょうちくとう》に似た五弁の小さい花を開く。色は紅紫色だが白もある。一株に茎が数本直立し、茎の先に円錐《えんすい》状に花が集まる。花の形が江戸時代の花魁の頭のようなのでこの名がついたという。また舞妓《まいこ》の花簪《はなかんざし》のようなあでやかさがあるので、この名がついたともいわれている。花が夾竹桃に似て、草であるところから別名「草夾竹桃」という。

一《ひ》とむらのおいらん草《そう》に夕涼《ゆうすず》み　三橋鷹女

花期《かき》ながきこともあはれや花魁草《おいらんそう》　堀葦男

おいらん草咲《そうさ》いてをりたる宇陀郡《うだごおり》　森澄雄

花魁草《おいらんそう》甲斐《かい》山中《さんちゅう》の一軒湯《いっけんゆ》　岡田日郎

花魁草外人墓地《おいらんそうがいじんぼち》に咲《さ》きいでし　岡本眸

海紅豆《かいこうず》《かいこうづ》

海豇豆《かいこうず》　梯姑《でいご》　梯梧《でいご》

解説　インド原産のマメ科の落葉高木。高さ四、五メートルの熱帯性樹木で、鹿児島や沖縄では一〇メートルほどのものが多い。幹や枝に太い棘《とげ》があり、夏、直径五～八センチの真っ赤な大形の蝶形花《ちょうかた》を多数つける。本来の名は梯姑で、海紅豆は異名である。寒さにも強く、現在は関東地方でも育っている。南国ではこの葉を家畜の飼料にしている。色や形がいかにも情熱的で、潮風を浴びて咲く姿は勇壮。沖縄の県花。

海紅豆《かいこうず》さつま隼人《はやと》の血汐《ちしお》なり　百合山羽公

海豇豆《かいこうず》咲《さ》き焼酎《しょうちゅう》の甕《かめ》ひとつ　草間時彦

海紅豆《かいこうず》潮《しお》の香《か》に髪重《かみおも》くなり　古賀まり子

火《ひ》の国《くに》に火《ひ》のいろ保《たも》つ海紅豆《かいこうず》　角川照子

欠航《けっこう》のいち日雨《にちあめ》の花梯梧《はなでいご》　福島勲

灸花《やいとばな》

屁糞葛《へくそかずら》　五月女葛《さおとめかずら》

解説　アカネ科の蔓《つる》性多年草。日本を含むアジア東南部原産。藪《やぶ》や樹林などに自生し、蔓を伸ばして他の木にからみつく。七月ごろ、中心部が紅紫色で外側が白い鐘状の花をつける。この紅紫色の部分をひとつ摘み取って手の甲などにさかさまに置くと、その形がお灸《きゅう》（やいと）をすえるもぐさに似ているので、この名がある。『類題発句集《るいだいほっくしゅう》』には、花が「白色にして中心紫色、灸瘡《きゅうか》（やいとのかさぶた）の脱けたるあとの色の如《ごと》し。故《ゆえ》にやいとばなの俗名あり」と記されている。茎葉ともに臭気が強いので、植物学上では、屁糞葛が正しい呼称。この名ではあまりに気の毒ということで、五月女葛という雅名をつけられているのもおもしろい。

作句上のポイント 草全体にいやな臭気があるので、植物学上では屁糞葛という名前を戴いているが、見た目にはきわめて可憐《かれん》な花である。「へくそかずら」として詠われた俳句も数多くある。一度挑戦してみるのもおもしろい。

名《な》をへくそかづらとぞいふ花盛《はなざか》り　高浜虚子

雨《あめ》の中日《なかひ》がさしてきし灸花《やいとばな》　清崎敏郎

やいと花村《ばなむら》去《さ》るはひそかなるがよし　有働亭

降《ふ》りぐせの山《やま》の宿《やど》なり灸花《やいとばな》　星野麥丘人

表札《ひょうさつ》にへくそかづらの来《き》て咲《さ》ける　飴山實

へくそかづらも南瓜《かぼちゃ》も墓地《ぼち》へ蔓伸《つるの》ばし　山崎ひさを

居直《いなお》りしへくそかづらの花《はな》の色《いろ》　小島健

萱草《かんぞう》《くわんぞう》の花《はな》《はな》

忘草《わすれぐさ》　藪萱草《やぶかんぞう》
野萱草《のかんぞう》

解説　畦《あぜ》や道端、草原などに自生するユリ科の多年草。夏、葉の間から百合《ゆり》に似た黄橙色《おうとう》の花を開く。八重咲きは藪萱草、一重咲きが野萱草（写真上）である。いずれも高さ六〇センチくらい。この若葉を食べると憂いを忘れるという中国古来の習俗から忘草の異名もある。やがて、花の美しさを賞するだけで憂いを忘れさせてくれるという意味に変わった。一日花で夕方にしぼむため、西洋ではデイ・リリーと呼ぶ。花言葉は「私を忘れないで」。

萱草《かんぞう》や浅間《あさま》をかくすちぎれ雲《ぐも》　寺田寅彦

朝《あさ》のうち行者通《ぎょうじゃとお》りぬ野萱草《のかんぞう》　森　澄雄

萱草《かんぞう》の花《はな》も夕日《ゆうひ》もつかれたる　青柳志解樹

花萱草青野《はなかんぞうあおの》の青《あお》をさそひだす　福田甲子雄

水平《すいへい》に海見《うみみ》ゆる坂花萱草《さかはなかんぞう》　佐川広治

サルビア

緋衣草《ひごろもそう》

解説　シソ科の一年草、または多年生草花。原産地は南ヨーロッパ。園芸用と薬用がある。茎は五〇〜八〇センチほどの高さになる。夏から秋にかけて枝の先に花穂《かすい》をつけ、赤または赤紫色の小花を輪生させて開く。語源はラテン語のサルウヌ（安全、健康）からきている。花が紫色のサルビアは、葉を香辛料（セージ）にしたり、下痢止めなどの薬として用いたりする。歳時記では夏に分類されているが、観賞用のものは秋がもっとも美しい。

サルビアの焔《ほのお》に雨《あめ》やパン作《づく》り　堀口星眠

屋上《おくじょう》にサルビア炎《も》えて新聞社《しんぶんしゃ》　広瀬一朗

一涼《いちりょう》のサルビア翳《かげ》を深《ふか》くせり　角川照子

サルビアがつなぐ黒人《こくじん》の家《いえ》と家《いえ》　有馬朗人

サルビアの風《かぜ》の溜息《ためいき》まじりかな　谷口摩耶

駒草《こまくさ》

解説　ケシ科の多年草。本州中部以北、北海道、樺太、シベリア東部などに分布する。高山の日当たりのよい砂礫《されき》地や岩の間に生え、他の草とは混生しない。高さは五〜一〇センチ。根元から出る葉は人参《にんじん》に似て細かく裂け、白みを帯びた緑色をしている。七、八月ごろ、花茎の先が垂れて数個の紅紫色の花を開く。花の形が馬の顔を似ているところからこの名がついた。登山者には、山の花の女王として愛されている。古くは霊草とされていた。

駒草《こまくさ》の霧《きり》の障《さわ》りに揺《ゆ》れてをり　上村占魚

岩昃《いわかげ》りそめて駒草昃《こまくさかげ》りけり　森田峠

駒草《こまくさ》や膝《ひざ》つき火口《かこう》覗《のぞ》き見《み》る　岡田日郎

駒草《こまくさ》や朝《あさ》しばらくは尾根《おね》はれて　望月たかし

駒草《こまくさ》に監視員《かんしいん》来《き》て影落《かげおと》す　大島民郎

さびたの花《はな》

糊《のり》うつぎの花《はな》

解説 ユキノシタ科の落葉低木。北海道から九州にかけて分布し、山地で日当たりよく多少湿気のあるところを好む。樹皮から取った粘液が和紙に使われるので「糊うつぎ」という。北海道では「さびた」と呼ぶ。高さ二、三メートル、楕円《だえん》形の葉のある枝端に、額紫陽花《がくあじさい》に似た白い花をつける。正常花と飾り花があり、花弁に見えるのは飾り花である。飾り花は三〜五枚の萼片《がくへん》からなり、大きくて美しい。北海道では根をパイプにする。

北《きた》へとる路《みち》ばかりなり花《はな》さびた　斉藤　玄

水《みず》よりも風澄《かぜす》む日《ひ》なり花《はな》さびた　上村占魚

花《はな》サビタ半《はん》ばくもれる地平線《ちへいせん》　松崎鉄之介

人《ひと》ひとり足《た》りぬ炎暑《えんしょ》の花《はな》さびた　福田甲子雄

摩周湖《ましゅうこ》の霧《きり》を甘《あま》しとサビタ咲《さ》く　横道秀川

睡蓮《すいれん》

未草《ひつじぐさ》

解説 スイレン科の多年草。熱帯、温帯地方の沼や池に自生する。観賞用に庭園などにも栽培される。ギリシア神話の女神ニンフの名を取り、学名をニンファエアという。全世界に約四〇種ほどあり、広く愛好されている。日本に自生する睡蓮は耐寒性の強い未草と呼ばれるものが中心。これは未の刻、つまり午後二時ごろから開花するというのでつけられた名だが、実際は朝から開花を始め、二時ごろに咲きそろう。七、八月ごろ、切れこみのある丸い葉とともに直径五センチほどの白い小さな花を水面に開く。本来は日本独自の白花を睡蓮と呼ぶべきであるが、現在は外国種の栽培が多く、色も白、黄、紫、青、桃色など変化に富み、花形も直径一〇～三〇センチと大きい。花が蓮《はす》に似て、夕方六時ごろ花を閉じるところから、これを睡《ねむ》るに見立てて睡蓮という。水蓮と書くのは誤りである。詩歌の素材としてもよく詠まれてきた。花言葉は「純潔」。いかにもこの花らしい清楚《せいそ》さを感じさせる。

睡蓮《すいれん》の隙間《すきま》の水《みず》は雨《あめ》の文《あや》

富安風生

鑑賞 睡蓮の咲いている池に夏の雨が静かに降っている。暑いさなかのひとときの雨。いかにも涼を呼ぶ風情だ。夏空を映していた葉や花の隙間《すきま》の水面は、いま雨の模様に彩《いろど》られている。

睡蓮《すいれん》やまづ暮《くれ》の色石《いろいし》にあり　加藤楸邨

睡蓮《すいれん》に雨意《うい》あり胸《むね》の釦《ぼたん》嵌《は》む　中村草田男

一《ひと》ならび睡蓮《すいれん》の葉《は》の吹《ふ》かれたつ　星野立子

睡蓮《すいれん》の少《すこ》し沈《しず》むは睡《ねむ》るらし　安住敦

睡蓮《すいれん》の白《しろ》いま閉《と》じる安堵《あんど》かな　野澤節子

睡蓮《すいれん》や聞《き》き覚《おぼ》えある水《みず》の私語《しご》　中村苑子

睡蓮《すいれん》や遙《はる》かな国《くに》に百済《くだら》あり　斎藤夏風

「すいれん」という語感はリズミカルで俳句の詩形によく合う。和名「ひつじぐさ」にも挑戦してみよう。

喪《も》服《ふく》着《き》て少《すこ》し間《ま》のあり黄《き》睡《すい》蓮《れん》

森田緑郎

睡《すい》蓮《れん》を描《か》き思《おも》ひ出《で》を描《か》くごとし

大串　章

睡《すい》蓮《れん》の開《ひら》ききつたる塔《とう》の下《した》

佐川広治

凌霄《のうぜん》の花《はな》

凌霄《のうぜん》
のうぜんかずら

解説 ノウゼンカズラ科の蔓《つる》性落葉木。中国の原産。約一〇〇〇年前の延喜年間に中国から渡来してきたといわれている。野生のものもあるが、多くは庭に植えて観賞する。付着根を生じ、塀や垣根、樹木などによじのぼり、六メートルにもおよぶ。七、八月ごろ、橙黄《とうこう》色の鮮やかな花を開く。花筒は四、五センチ、花径は六、七センチでらっぱ形。高い樹木の幹から垂れて咲くさまは鮮やか。北アメリカ原産ののうぜんかずらは色が濃く、花径が小さい。

なが雨《あめ》の切《き》れ目《め》に鬱《うつ》と凌霄花《のうぜんか》　佐藤鬼房

凌霄《のうぜん》の日《ひ》の当《あ》たりゐて矮鶏《ちゃぼ》交《つる》む　吉田鴻司

のうぜんの花《はな》いく度《たび》も花《はな》ざかり　今井つる女

夕映《ゆうば》えは水《みず》に流《なが》れて凌霄花《のうぜんか》　川崎展宏

のうぜんの花《はな》の明《あ》かりに蜑《あま》の家《いえ》　今井杏太郎

野《の》牡《ぼ》丹《たん》

姫野牡丹《ひめのぼたん》　草野牡丹《くさのぼたん》
紫紺野牡丹《しこんのぼたん》

解説　ノボタン科の常緑低木。沖縄、台湾が原産地。本州でも多く栽培されている。葉は卵形で粗毛が生えている。七、八月ごろ、花茎の頂に大きな紫色の五弁花を開く。牡丹のように美しいというのでこの名があるが、牡丹とはまったく関係のない植物である。姫野牡丹、または草野牡丹といわれるものは、屋久島、小笠原、沖縄など暖地に自生して紅紫色の美しい花を咲かせる。これらは同一種で、やや小形である。

野《の》ぼたんの散《ち》る一《ひと》つ家《や》の深廂《ふかびさし》　殿村菟絲子

かくも名《な》に咲《さ》きて野牡丹濃《のぼたんこ》むらさき　大橋桜坡子

野牡丹《のぼたん》の古代紫《こだいむらさき》たぐひなし　五十嵐播水

日《ひ》だまりにして野牡丹《のぼたん》の一花《いっか》なほ　畠山譲二

野牡丹《のぼたん》の夕《ゆう》べの色《いろ》を残《のこ》しけり　川崎陽子

現《げん》の証《しょう》拠《こ》

神輿草《みこしぐさ》　医者《いしゃ》いらず　たちまち草《くさ》

解説　初夏のころ小さな五弁花を開き、夏のあいだ咲き続ける。梅の花に似た上品な花である。昔から下痢止め、整腸剤として煎じて飲むとたちまち効果が表れるというので、「現の証拠」の名がついたといわれている。また「医者いらず」、たちまち治るので「たちまち草」ともいう。フウロウソウ科の多年草で、全国の山野、路傍、土手などに自生している。東日本では白色、西日本では紫紅色に咲くことが多い。種子が熟して割れると莢《さや》が神輿《みこし》の屋根に似ているところから、神輿草ともいう。

無頼派文学の旗手、坂口安吾は新潟市の出身。日本三名湯の一つといわれる越後松之山温泉の村山家は、安吾の姉が嫁いだ家（現・坂口安吾記念館）。安吾は、数々の創作イメージをこの地で得ている。この家の庭に咲く現の証拠は、特に美しい。

作句上のポイント 現の証拠は、畑の畦《あぜ》や山野の日当たりのよいところに生える多年草。茎は枝を多く出しながら地を這《は》い、花柄には毛が多い。直径二センチほどの小さい、かわいい花なので、近寄ってよく観察してから、作句するといい。

しじみ蝶《ちょう》とまりてげんのしようこかな　森　澄雄

顔《かお》くらく見《み》てゐるげんのしようこかな　村沢夏風

げんのしようこ踏《ふ》まれて咲《さ》いて花盛《はなざか》り　松本澄江

口割《くちわ》つて幾世《いくよ》を咲《さ》ける御輿草《みこしぐさ》　六角文夫

げんのしようこ踏《ふ》みて客間《きゃくま》に夜具運《やぐはこ》ぶ　松本よしの

現《げん》の証拠《しょうこ》安吾館《あんごやかた》の水《みず》うまし　佐川広治

黒揚羽《くろあげは》たちてたちまち草《くさ》の花《はな》　秋山巳之流

蓮《はす》

蓮《はす》の花《はな》　はちす　はちすの花《はな》
蓮華《れんげ》　紅蓮《べにはちす》　白蓮《しらはちす》

解説　スイレン科の多年草。古代にインドから中国を経て日本に渡来したといわれる。七、八月ごろ、蓮池や沼、田などに白または淡紅色の香り高い花を開く。花が終わって果実になるころ、花托《かたく》が蜂《はち》の巣に似た形になるので「はちす」と呼ばれる。花弁は十六枚で、朝開き夕方閉じることを繰り返して、四日目に散る。仏教では西方浄土《さいほう》は神聖な蓮池とされ、仏教伝来とともに各地で栽培された。極楽浄土の花として蓮華ともいう。

利根川《とねがわ》のふるきみなとの蓮《はちす》かな　水原秋櫻子
西方《さいほう》へ日《ひ》の遠《とお》ざかる紅蓮《べにはちす》　野澤節子
蓮《はす》の花開《はなひら》かんとして茎動《くきうご》く　滝沢伊代次
手《て》にもてば手《て》の蓮《はす》に来《く》る夕《ゆう》べかな　河原枇杷男
花蓮《はなはす》の白《しろ》きは卑弥呼《ひみこ》の喚《おら》びとも　市橋千翔

浜木綿《はまゆう》《はまゆふ》

はまおもと　文殊蘭《もんじゅらん》

解説　ヒガンバナ科の多年草。関東南部以西の海岸の砂地に自生する。観賞用としても栽培される。高さ六〇センチほどになる。万年青《おもと》に似た光沢のある葉を四方に広げ、七、八月ごろ花茎を伸ばし、茎先に一〇数個の花を傘状に開く。花は細長く広がり、反り返っている。浜木綿の「浜」は浜辺の意。「木綿《ゆう》」とは、楮《こうぞ》などの皮を剝ぎ、その繊維を蒸して、水に浸してから裂いて作った糸のこと。浜木綿の茎が、木綿《ゆう》を巻いたように見えるところから、その名がついたという。

浜木綿《はまゆう》に流人《るにん》の墓《はか》の小《ちい》ささよ　篠原鳳作

遠《とお》くのものよ国生《くにう》みの山《やま》も浜木綿《はまゆう》も　金子兜太

浜木綿《はまゆう》に大《おお》いなる濤《なみ》きてやさし　村田脩

浜木綿《はまゆう》や素足正座《すあしせいざ》の隠《かく》れ邪蘇《やそ》　綾部仁喜

浜木綿《はまゆう》の沖《おき》にぎりしめ児《こ》は眠る　佐川広治

鷺草《さぎそう》

解説 ラン科の多年草。日当たりのよい原野の湿地に自生する。野生蘭の一種で栽培もされる。名のとおり白鷺《しらさぎ》が翼を広げ、飛翔する姿のように咲く。茎丈は二〇～三〇センチ。細い線状の葉が一〇センチくらいに伸び、晩夏のころ、直立した花茎の先端に二、三個純白の花をつける。唇弁は大きく三裂、両側の弁はさらに細かく裂けている。これが白鷺の翼によく似ている。自然破壊や自生湿原が荒されて、最近は鷺草の絶えてしまったところも多い。福島県の会津地方は以前、鷺草の群落が多く見られたが、今では自生地も数少なくなった。猪苗代《いなわしろ》湖周辺では七、八月ごろ、この花が見ごろとなる。静岡県袋井市にある寺・可睡斎《かすいさい》では、鷺草の人工的育成に努めており、七、八月にかけて八〇〇〇本が美しい花を咲かせる。

作句上のポイント　鷺草はその形の美しさから、俳人に好まれてきた。ただ、俳句は舞姿を詠むものが多い。別の視点からも詠じてみよう。盛夏、鷺草の咲く地を訪れてみるのも、作句の楽しみの一つと思う。

鷺草《さぎそう》の鷺《さぎ》は二《に》羽《わ》連《つ》れ二《に》羽《わ》の露《つゆ》　石原八束

鷺草《さぎそう》のそよげば翔《た》つと思《おも》ひけり　河野南畦

鷺草《さぎそう》や我《われ》は源《げん》氏《じ》の裔《すえ》なるぞ　佐々木秀雄

鷺草《さぎそう》のほとぼりさめし夕《ゆう》あかり　原　裕

鷺草《さぎそう》の揺《ゆ》るるに心《こころ》ねむりをり　宮津昭彦

夕風《ゆうかぜ》にこたへて舞《ま》ふや鷺草《さぎそう》は　朝倉和江

鷺草《さぎそう》のかたちにをはる物語《ものがたり》　菅原鬨也

仏桑花《ぶっそうげ》

ハイビスカス　扶桑花《ふそうげ》　琉球《りゅうきゅう》むくげ

解説　アオイ科の落葉低木。ハイビスカスの名のほうが一般的で、ハワイの州花として知られている。日本へは、江戸時代に中国から琉球を経て渡来したので、琉球むくげの名もある。高さは一、二メートル、幹は直立して枝を広げる。夏、葉の付け根にらっぱ形の大形の赤色の花を開く。芙蓉《ふよう》の仲間で、一日花だが、次々と花を咲き継ぐ。もともと熱帯の植物なので温室で栽培するが、鹿児島や沖縄では戸外で栽培できる。

屋根《やね》ごとに魔除獅子《まよけしし》置《お》き仏桑花《ぶっそうげ》　轡田　進

仏桑花《ぶっそうげ》島《しま》に四《よ》っの真水井戸《まみずいど》　齊藤美規

海《うみ》の紺《こん》ゆるび来《き》たりし仏桑花《ぶっそうげ》　清崎敏郎

ハイビスカスばかり働《はたら》き者《もの》ばかり　本多静江

健次《けんじ》の墓《はか》仏桑花《ぶっそうげ》にも水手向《みずたむ》け　いさ桜子

松葉牡丹《まつばぼたん》

日照草《ひでりぐさ》

解説 スベリヒユ科の一年草。原産地はブラジル。江戸末期に渡来した。家庭で観賞する草花として、庭園や鉢で栽培されている。葉が松葉に似ており、花は小さいが牡丹に似ているのでこの名がついた。花の色は紅または紫紅色で五弁の一重咲きが多い。園芸種では黄色や白もある。日照りでないと咲かないので、日照草ともいわれる。爪《つめ》で茎を切って土に挿しても根づくので、爪切草の名もある。花期は長く、夏から十月ごろまで咲き続ける。

紅白《こうはく》の松葉牡丹《まつばぼたん》に母《はは》おもふ　原 石鼎

自動車《じどうしゃ》に松葉牡丹《まつばぼたん》の照《て》りかへし　中村汀女

松葉牡丹《まつばぼたん》の七色《なないろ》八色《やいろ》尼《あま》が寺《てら》　松本 旭

松葉牡丹《まつばぼたん》ぞくぞく咲《さ》けばよきことも　山崎ひさを

松葉牡丹《まつばぼたん》咲《さ》かせ近隣相似《きんりんそうじ》たり　島谷征良

向日葵《ひまわり》《ひまはり》

日車《ひぐるま》　日輪草《にちりんそう》

解説　キク科の一年草。原産地は北アメリカ。一六世紀の初め、インカ帝国を滅ぼしたスペイン人によってヨーロッパへ持ち帰られた。種子が食用ともなる有用な植物で、かつてヨーロッパの食料飢饉《ききん》を救った。日本にも古くから渡来し、太陽の花として親しまれてきた。七〜九月ごろ、茎の先に花芯《かしん》が褐色でまわりが黄色い花をつける。直径一〇〜三〇センチと大形。向日葵という名は、太陽を連想させる花の形から、太陽の動きに合わせて花を回す、と誤ってつけられた。

向日葵《ひまわり》に剣《つるぎ》のごときレールかな　松本たかし

向日葵《ひまわり》に天《てん》よりも地《ち》の夕焼《ゆうや》くる　山口誓子

向日葵《ひまわり》やもののあはれを寄《よ》せつけず　鈴木真砂女

向日葵《ひまわり》や信長《のぶなが》の首斬《くびき》り落《お》とす　角川春樹

母《はは》がゐて向日葵《ひまわり》へ夜《よ》の下《お》りてくる　増成栗人

射干《ひおうぎ》 ひあふぎ

檜扇《ひおうぎ》　うばたま　烏扇《からすおうぎ》

解説　アヤメ科の多年草。関東以西の原野の暖地に自生し、観賞用に栽培もされる。高さ一メートル内外。七、八月ごろ、檜扇を開いた形に似た朱橙色に斑点のある四センチほどの花を平らに開く。葉のあとの実が黒く美しいので、古名を「うばたま」「ぬばたま」という。「ぬばたまの」は黒色やそれに関連した夜や闇などの語に掛かる枕詞《まくらことば》として、万葉時代から詩歌に用いられている。現在は関東、東北地方にも広く見られる。一日花だが、花が終わっても散らない。

射干《ひおうぎ》の月《つき》大阪《おおさか》は祭月《まつりづき》　後藤夜半

射干《ひおうぎ》の花《はな》や高野《こうや》をこころざす　森　澄雄

子《こ》を産《う》んで射干《ひおうぎ》の朱《しゅ》を見《み》て居《お》りぬ　飯島晴子

射干《ひおうぎ》の前《まえ》をときどき笑《わら》ひ過《す》ぐ　岡井省二

ひあふぎに霧《きり》吹《ふ》いてゐる童《わらべ》かな　齋藤夏風

黄蜀葵《おうしょっき》《わうしょくき》

とろろあおい

解説 アオイ科の一年草。中国原産。畑で栽培されるが、庭や花壇にも植えられる。高さ一〜二メートル。現在は背の低い品種も多く栽培されている。七月中旬から秋にかけて直立した茎に、淡黄色の大きな五弁花を横向きに咲かせる。中心部に赤紫色を沈ませているのも美しい。花は一日でしぼむが、茎の下から上へ順々に花開く。根に粘質物を持っているので、和紙漉《す》き用の糊《のり》として用いられる。とろろあおいの名は、糊を採るところからつけられた。

歩《ある》きゐて日暮《ひぐ》るるとろろ葵《あおい》かな　森 澄雄

黄蜀葵《おうしょっき》夜空《よぞら》の雲《くも》の未《ま》だ明《あか》るし　皆川盤水

黄蜀葵《おうしょっき》咲《さ》かせ藁屋《わらや》の万能医《ばんのうい》　神蔵 器

日盛《ひざか》りのとろろあふひを声《こえ》にだし　榎本好宏

満開《まんかい》といへどあはあは黄蜀葵《おうしょっき》　木内怜子

百日草《ひゃくにちそう》《ひゃくにちさう》

解説 キク科の一年草。メキシコが原産地。花期が長く、七月から九月いっぱい咲き続けるので、この名がある。花壇、鉢植え、切り花用に広く栽培されている。茎は直立して高さ六〇～九〇センチ。菊に似た頭花をつける。花の色も豊富で、紅、白、黄、紫、橙《だいだい》など変化に富む。咲き方は一重咲き、八重咲きのほかに、大輪、中輪、小輪、またはダリア咲き、ポンポン咲き、カクタス咲きなど非常に多い。花言葉は「離別の友への憶《おも》い」。

百日草《ひゃくにちそう》がうがう海《うみ》は鳴《な》るばかり　三橋鷹女

百日草《ひゃくにちそう》に魚鱗《ぎょりん》浴《あ》びせて島《しま》ぐらし　能村登四郎

心濁《こころにご》りて何《なに》もせぬ日《ひ》の百日草《ひゃくにちそう》　草間時彦

只事《ただごと》に日々《ひび》過《す》ぎゆけり百日草《ひゃくにちそう》　福島　勲

水替《みずか》へるはじめ仏間《ぶつま》の百日草《ひゃくにちそう》　長谷川久々子

夕顔《ゆうがお》《ゆふがお》

解説 ウリ科の蔓《つる》性一年草。夏の夕方に開いて翌朝しぼむのでこの名がある。朝顔や昼顔はヒルガオ科。ヒルガオ科の夜顔（夜開草《やかいそう》）とは別である。扁球《へんきゅう》形または長楕円《ちょうだえん》形の大きな果実ができ、果肉を帯状にむいて干瓢《かんぴょう》をつくる。『源氏物語』の夕顔の巻で「かの白く咲けるをなむ、夕顔と申しはべる。花の名は人めきて、かう、あやしき垣根になむ咲きはべりける」といわれた、はかない草の花である。

また『古今和歌集』や『枕草子』、浄瑠璃や歌舞伎の『絵本太功記』にも登場し、古くから愛された花であることがわかる。朝顔が高貴な花のイメージをもつのに対し、夕顔は長屋などどこでも咲く賤《しず》の花であった。それが『源氏物語』の一節で、庶民的な花々のなかから採りあげられて、王朝びとの話題の花となった。夏の夕暮れに咲く、はかなげななかにも清楚《せいそ》な白い花が印象的であり、その名が女性の美しい顔を想像させるからなのであろう。

夕顔《ゆうがお》のひらきかかりて襞《ひだ》ふかく
杉田久女

鑑賞 夕顔の開くさまをよく見ている鋭い写生句。やや青みを帯びた白い夕顔の花が、蕾《つぼみ》をほぐし開きはじめようとしている。開きながらもなお、襞《ひだ》を残している姿を一瞬のうちに描写している。花の優雅さも伝わってくる。

夕顔《ゆうがお》のひらく光陰《こういん》徐《しづ》かなり　石田波郷

夕顔《ゆうがお》やかつて手捲《てま》きの蓄音機《ちくおんき》　森　澄雄

夕顔《ゆうがお》に怒濤《どとう》とどろく帰省《きせい》かな　鈴木真砂女

夕顔《ゆうがお》の初花《はつはな》に日《ひ》の蝕《か》けそむる　野澤節子

山傾《やまかし》ぎ来《き》て夕顔《ゆうがお》の花浄土《はなじょうど》　神蔵　器

夕顔《ゆうがお》は恋《こい》のをはりかはじまりか　渡辺恭子

夕顔《ゆうがお》や背戸《せと》のまがきの泣《な》き童子《どうじ》　老川敏彦

「夕顔」はウリ科の蔓性一年草。ヒルガオ科の観賞花「夜顔」と混同してはならない。

夕《ゆう》顔《がお》に力《ちから》あたふる水《みず》を打《う》つ
朝倉和江

夕《ゆう》顔《がお》や石《いし》がしるしの猫《ねこ》の墓《はか》
高橋克郎

うたたねの妻《つま》に夕《ゆう》顔《がお》ひらきけり
小島健

虎杖《いたどり》の花《はな》

紅虎杖《べにいたどり》　明月草《めいげつそう》

解説　タデ科の多年草。山野に自生する。高さ三〇〜一五〇センチ。伸びると竹の幹のようで、葉は卵形で先がとがっている。七月ごろ、葉のわきに淡紅色、または白色の穂《すい》状の花を開く。地下に木質で黄色の根茎があり、繁殖する。独活《うど》に似た若芽は食べられる。山地には花の色の紅い美しいものがあり、明月草と呼ばれる。根は利尿などに薬効がある。葉をもんで打ち身などに貼《は》りつけると痛みが取れることから、「痛取《いたど》り」の名がついた。

いたどりの花月光《はなげっこう》につめたしや　山口青邨

虎杖《いたどり》の花《はな》そこなはずけものみち　鷹羽狩行

虎杖《いたどり》の花《はな》に湯筧《ゆかけひ》ざんざ洩《も》れ　岡田日郎

行暮《ゆきぐれ》の流木《りゅうぼく》に倚《よ》る女虎杖《めいたどり》　文挾夫佐恵

虎杖《いたどり》の花《はな》しんかんと終《お》わるなり　新谷ひろし

ダリア

天竺牡丹《てんじくぼたん》　浦島草《うらしまぐさ》

解説 キク科の多年草。原産地はメキシコ。天保年間（一八三〇〜四四）にオランダ船で渡来し、天竺牡丹と呼ばれた。品種改良が重ねられ、いまやその種類は三万種以上ともいわれる。地下には甘藷《かんしょ》（さつまいも）のような根がある。この茎から春に新芽を出し、夏から秋まで花を咲かせている。浦島太郎の長寿になぞらえて、浦島草とも呼ばれている。ダリアの名の由来は、スウェーデンの植物学者アンドレス・ダールの名にちなんでいる。花言葉は「華麗」。

鮮烈《せんれつ》なるダリヤを挿《さ》せり手術以後《しゅじゅついご》　石田波郷

ダリア大輪《たいりん》ルヰ王朝《おうちょう》に美女《びじょ》ありき　福田蓼汀

ダリア切《き》る生涯《しょうがい》の妻《つま》の足太《あしふと》し　清水基吉

目《め》に深《ふか》き赤《あか》はダリアの沈《しず》む色《いろ》　稲畑汀子

子《こ》の齢数《よわいかぞ》へ真赫《まっか》なダリヤ咲《さ》く　福島勲

ユッカ

君代蘭《きみがよらん》　糸蘭《いとらん》

解説　リュウゼツラン科の常緑低木。北アメリカ原産。関東以南では戸外で越冬できるので、庭や公園などに植えられている。厚い剣状の葉が放射上に密生し、先端に鋭い棘《とげ》がある。茎は高さが二メートルくらいまでになる。夏から秋にかけ一メートル以上の花茎を伸ばし、円錐《えんすい》状に多数の白色の花を咲かせる。君代蘭・糸蘭（ユリ科）とも似ており、ともに「ユッカ」と呼ばれる。君代蘭はユッカの学名が「栄光ある」という意味であるところからつけられた。

ユッカ咲《さ》き羅馬《ローマ》に向《む》ける殉教碑《じゅんきょうひ》　野見山朱鳥

ユッカ咲《さ》く庭芝広《にわしばひろ》く刈《か》られけり　西島麦南

鎮魂歌《レクイエム》ユッカの花《はな》の雨《あめ》つづく　千代田葛彦

仏陀見《ぶつだみ》て阿修羅《あしゅら》の息《いき》の花《はな》ユッカ　河野多希女

花《はな》ユッカ雨降《あめふ》る夜《よる》の微熱《びねつ》かな　大野紫陽

水葵《みずあおい》
みづあふひ

水葱《なぎ》　菜葱《なぎ》

解説　ミズアオイ科の一年草。水田や沼地に生え、茎や葉柄は多肉質で柔らかい。葉はハート形、深緑色で光沢がある。夏から秋にかけて、花茎の上部に総《ふさ》状の穂を作り、青紫の小さな六弁花をつける。葉の形があおいに似ているところから、この名がついた。古名は「なぎ」で水葱、菜葱の字を当てる。昔はこの葉を茹《ゆ》でて、食用にした。日本全土と朝鮮、中国などに分布し、観賞用として栽培されている。漢名は「浮薔《フーチャン》」という。

流《なが》れゆく水葱《なぎ》あり今日《きょう》の花《はな》を咲《さ》き　有働木母寺

秩父嶺《ちちぶね》の空《そら》さだめなき水葵《みずあおい》　志摩芳次郎

水葵百姓《みずあおいひゃくしょう》が顔洗《かおあら》ひゐる　青柳志解樹

水口《みなぐち》に燕《つばめ》来《き》てゐる水葵《みずあおい》　福島　勲

水葵《みずあおい》いちめんに咲《さ》き海鳴《うみな》れり　只野柯舟

索引

50音順、現代仮名づかいによる。
太字は見出し語を示す。

あ

アイリス……10
あおい(葵)……81
アカシアのはな(アカシアの花)……42
あじさい(紫陽花)……54
アマリリス……83
あやめ……64
あやめ(渓蓀)……64

い

いしゃいらず(医者いらず)……136
いたどりのはな(虎杖の花)……152
いとらん(糸蘭)……154
いばらのはな(茨の花)……27
イリス……10

う

うつぎのはな(空木の花)……32
うのはな(卯の花)……32
うのはながき(卯の花垣)……32
うばたま……145
うめばちそう(梅鉢草)……120
うらしまぐさ(浦島草)……153

え

えごのはな(えごの花)……68
えにしだ(金雀枝)……57
えにしだ(金雀花)……57
えにしだ(金雀児)……57
えびすぐさ(夷草)……26
えぼしぐさ(烏帽子草)……12

お

おいらんそう(花魁草)……122
おうしょっき(黄蜀葵)……146
おうちのはな(楝の花)……59
おうちのはな(樗の花)……59
おおでまり……16
おおばこ(大車前)……11
おおばこのはな(車前草の花)……11
おおまつよいぐさ(大待宵草)……98
おおやまれんげ(大山蓮華)……33
おおやまれんげ(天女花)……33
おどりこそう(踊子草)……14
おどりばな(踊花)……14
おにゆり(鬼百合)……90
おらんだあやめ(和蘭あやめ)……89
おらんだかいう(和蘭海芋)……23
おらんだせきちく(和蘭石竹)……62
おらんだなでしこ(和蘭撫子)……62
おんばこ……11

か

カーネーション……62
ガーベラ……66
かいう(海芋)……23
かいこうず(海紅豆)……123
かいこうず(海豇豆)……123
かきつばた(燕子花)……70
かきつばた(杜若)……70
かきのはな(柿の花)……71
がくあじさい(額紫陽花)……50
がくそう(額草)……50
がくのはな(額の花)……50
がくばな(額花)……50
かたばみ(酢漿花)……67
かたばみのはな(酢漿の花)……67
かのこゆり(鹿の子百合)……90
かぼちゃのはな(南瓜の花)……72
カラー……23
からあおい(蜀葵)……81
からすおうぎ(烏扇)……145
からなでしこ(唐撫子)……95
かんぞうのはな(萱草の花)……126

き

ぎしぎしのはな(羊蹄の花)……34
きしょうぶ(黄菖蒲)……97
ぎぼうし……65
ぎぼし(擬宝珠)……65
きみかげそう(君影草)……44
きみがよらん(君代蘭)……154
きょうちくとう(夾竹桃)……108
きりのはな(桐の花)……17
きんぎんか(金銀花)……40
きんしとう(金糸桃)……102

く

くさきょうちくとう(草夾竹桃)……122
くさのぼたん(草野牡丹)……135
くちなし(梔子)……88
くちなしのはな(梔子の花)……88
ぐびじんそう(虞美人草)……49
グラジオラス……89
くりさく(栗咲く)……74
くりのはな(栗の花)……74
クレマチス……41
くろぼたん(黒牡丹)……6

け

けしのはな(罌粟の花)……63
けしのはな(芥子の花)……63
げっかびじん(月下美人)……121
げんのしょうこ(現の証拠)……136

こ

こうしょっき(紅蜀葵)……116
こがねばな(黄金花)……12
こしか(鼓子花)……113
こちょうか(胡蝶花)……13
こまくさ(駒草)……128
こむそうばな(虚無僧花)……14

さ

さおとめかずら（五月女葛）……124
さぎそう（鷺草）……140
ざくろのはな（石榴の花）……78
さつき（杜鵑花）……92
さつきつつじ（五月躑躅）……92
さびたのはな（さびたの花）……129
さらのはな（沙羅の花）……106
さるすべり（百日紅）……104
さるなめ……106
サルビア……127

し

しいのはな（椎の花）……73
しこんのぼたん（紫紺野牡丹）……135
しちへんげ（七変化）……54
じゃがいものはな（馬鈴薯の花）……93
じゃがたらのはな（じゃがたらの花）……93
しゃがのはな（著莪の花）……13
しゃくやく（芍薬）……26
しゃらのはな（沙羅の花）……106
じゅうやく（十薬）……112
しゅろのはな（棕櫚の花）……35
しゅろのはな（椶櫚の花）……35
しょうび……28
しょうぶえん（菖蒲園）……97
じょおうか（女王花）……121
しらはちす（白蓮）……138
しらん（紫蘭）……61
しろあやめ（白あやめ）……64
しろさるすべり（白百日紅）……104
しろしょうぶ（白菖蒲）……97
しろゆり（白百合）……90

す

すいかずら（吸葛）……40
すいかずらのはな（忍冬の花）……40
すいものぐさ（すい物草）……67
すいれん（睡蓮）……130
すえつむはな（末摘花）……103
すずらん（鈴蘭）……44

せ

せいようあやめ（西洋あやめ）……10
せきちく（石竹）……95
ぜにあおい（銭葵）……81
せんだんのはな（栴檀の花）……59

そ

そうび……28

た

たいさんぼくのはな（泰山木の花）……36
たいざんぼくのはな（大山木の花）……36
たいさんぼくのはな（大盞木の花）……36
たちあおい（立葵）……81
たちまちぐさ（たちまち草）……136
ダリア……153

ち

ちょうちんばな（提灯花）……94

つ

つきみそう（月見草）……98
つりがねそう（釣鐘草）……94

て

でいご（梯姑）……123
でいご（梯梧）……123
てっせん（鉄線）……41
てっせんか（鉄線花）……41
てつせんかずら（てつせん葛）……41
てっぽうゆり（鉄砲百合）……90
てまりばな（繡毬花）……16
てまりばな（粉団花）……16
てんじくぼたん（天竺牡丹）……153

と

どいつあやめ（独逸あやめ）……10
とうしょうぶ（唐菖蒲）……89
とうようこう（桃葉紅）……108
どくだみ……112
とちのはな（栃の花）……48
とちのはな（橡の花）……48
とらのお（虎尾草）……96
とろろあおい……146

な

なぎ（水葱）……155
なぎ（菜葱）……155
なすのはな（茄子の花）……115
なすびのはな（なすびの花）……115
なつつばき（夏椿）……106
なんてんちく（南天竹）……80
なんてんのはな（南天の花）……80

に

ニセアカシア……42
にちりんそう（日輪草）……144
にんどうのはな（忍冬の花）……40

ね

ねじばな（捩花）……24
ねぶのはな（ねぶの花）……84
ねむのはな（合歓の花）……84

の

のいばら（野茨）……27
のうぜん（凌霄）……134
のうぜんかずら……134
のうぜんのはな（凌霄の花）……134
のかんぞう（野萱草）……126
のばらのはな（野ばらの花）……27
のぼたん（野牡丹）……135
のりうつぎのはな（糊うつぎの花）……129

は

ハイビスカス……142
はくぼたん（白牡丹）……6
はす（蓮）……138
はすのはな（蓮の花）……138
はちす……138
はちすのはな（はちすの花）……138
はなあおい（花葵）……81
はなあやめ（花あやめ）……64
はないばら（花茨）……27
はなうつぎ（花卯木）……32
はなうばら（花うばら）……27
はなおうち（花樗）……59
はなかたばみ（花かたばみ）……67
はなかぼちゃ（花南瓜）……72

はなぎぼし（花擬宝珠）……65
はなくちなし（花梔子）……88
はなぐり（花栗）……74
はなげし（花罌粟）……63
はなざくろ（花石榴）……78
はなしゅろ（花棕櫚）……35
はなしょうぶ（花菖蒲）……97
はななす（花茄子）……115
はななんてん（花南天）……80
はななんてん（花天燭）……80
はなねむ（花合歓）……84
はなのさいしょう（花の宰相）……26
はなばら（花ばら）……28
はなみかん（花蜜柑）……58
はなゆ（花柚）……60
はなゆず（花柚子）……60
はまおもと……139
はまなし（浜梨）……107
はまなす（玫瑰）……107
はまゆう（浜木綿）……139
ばら（薔薇）……28
はりえんじゅ（針槐）……42
ばれいしょのはな（馬鈴薯の花）……93

ひ

ひおうぎ（射干）……145
ひおうぎ（檜扇）……145
ひぐるま（日車）……144
ひごろもそう（緋衣草）……127
びじょやなぎ（美女柳）……102
びじんそう（美人草）……49
ひつじぐさ（未草）……130
ひでりぐさ（日照草）……143
ひなげし（雛罌粟）……49
ひねりばな……24
ひぼたん（緋牡丹）……6
ひまわり（向日葵）……144
ひめしゃが（姫著莪）……13
ひめしゃら（姫沙羅）……106
ひめじょおん（姫女苑）……114
ひめのぼたん（姫野牡丹）……135
ひめゆり（姫百合）……90
ひゃくじつこう（百日紅）……104
ひゃくにちそう（百日草）……147
びようなやぎ（未央柳）……102
びようやなぎ（美容柳）……102
ひるがお（昼顔）……113
ひるがお（旋花）……113

ふ

ふうりんそう（風鈴草）……94
ふそうげ（扶桑花）……142
ぶっそうげ（仏桑花）……142

へ

へくそかずら（屁糞葛）……124
べにいたどり（紅虎杖）……152
べにのはな（紅の花）……103
べにはちす（紅蓮）……138
べにばな（紅藍花）……103
べにばな（紅粉花）……103

ほ

ぼうたん……6
ほおさんげ（朴散華）……18
ほおのはな（朴の花）……18
ほおのはな（厚朴の花）……18
ほたるぶくろ（螢袋）……94
ぼたん（牡丹）……6

ま

マーガレット……56
まつばぼたん（松葉牡丹）……143
まつよいぐさ（待宵草）……98

み

みかんのはな（蜜柑の花）……58
みこしぐさ（神輿草）……136
みずあおい（水葵）……155
みずきのはな（水木の花）……22
みやこぐさ（都草）……12
みやまれんげ（深山蓮花）……33

め

めいげつそう（明月草）……152

も

もくしゅんぎく（木春菊）……56
もじずりそう（文字摺草）……24
もみじあおい……116
もんじゅらん（文殊蘭）……139

や

やいとばな（灸花）……124
やぶかんぞう（藪萱草）……126
やまうつぎ（山卯木）……32
やまぐわ（山桑）……82
やまじさのはな（山苣の花）……68
やまぼうし（山法師）……82
やまぼうし（山帽子）……82
やまゆり（山百合）……90

ゆ

ゆうがお（夕顔）……148
ゆきのした（鴨足草）……79
ゆきのした（雪の下）……79
ゆきのした（虎耳草）……79
ゆずのはな（柚子の花）……60
ユッカ……154
ゆのはな（柚の花）……60
ゆり（百合）……90

よ

ようぎょくらん（洋玉蘭）……36
よひら（四葩）……54

り

りゅうきゅうむくげ（琉球むくげ）……142

れ

れんげ（蓮華）……138

わ

わすれぐさ（忘草）……126

著者 ―――――― 佐川広治（さがわ・ひろじ）
俳人。俳誌「河」編集長。1939年秋田県生まれ。1959年角川源義に師事し、1979年より角川照子主宰、角川春樹副主宰の新生「河」の編集長。1981年「河」賞受賞。1998年より1999年12月号まで「俳句現代」（角川春樹事務所）の編集長を務める。句集に『光体』『遊牧』（ともに東京美術）、『現代俳句文庫・佐川広治句集』（ふらんす堂）など。『入門歳時記』『新版季寄せ』（ともに角川書店）、『現代俳句歳時記』（角川春樹事務所）などの編集に従事。俳人協会幹事。日本ペンクラブ会員。

監修 ―――――― 吉田鴻司（よしだ・こうじ）
俳人。俳誌「河」選者、同人会長。1918年静岡県生まれ。1927年嶋田青峰に師事、同門の秋元不死男らの指導を受ける。1958年角川源義を知り「河」創刊とともに参加。句集に『神楽舞』『山彦』（ともに牧羊社）、『頃日』（角川書店、第34回俳人協会賞）ほか。編書に『角川源義の世界』（梅里書房）、『脚注・角川源義集』（俳人協会）ほか。俳人協会名誉会員。日本文藝家協会会員。

写真 ―――――― 夏梅陸夫（なつうめ・りくお）
植物写真家。1941年福井県生まれ。1963年日本写真専門学校に学び、植物をテーマに撮影をはじめる。現在、写真教室、撮影会の指導をデジタルカメラも取り入れて行っている。主な著書に写真集『植物風景』（グラフィック社）、『花をやさしく写す』（日本カメラ社）、『花の写真撮影テクニック』（日本文芸社）などがある。日本写真家協会（ＪＰＳ）会員、夏梅陸夫写真教室主宰。
URL:http://www.flowerproduction.co.jp/

季語の花――夏

2000年4月25日　初　　版
2001年6月21日　初版第2刷

著　者 ―――― 佐川広治
監修者 ―――― 吉田鴻司
写　真 ―――― 夏梅陸夫
装丁・デザイン ―― 伊藤鑛治
発行者 ―――― 神保　敬
発行所 ―――― 株式会社ティビーエス・ブリタニカ
〒153-8940　東京都目黒区目黒１丁目24番12号
電話　販　　　売（03）5436-5721
　　　お客様相談室（03）5436-5711
振替　00110-4-131334
印刷・製本 ―― 図書印刷株式会社

ISBN4-484-00402-X　Printed in Japan　落丁・乱丁本はお取替えいたします。